北岳诗库

孔令剑
— 主编 —

自 然 疗 法

HOU LIANGXUE
WORKS

侯良学 ———————— 著

图书在版编目（CIP）数据

自然疗法 / 侯良学著. —太原：北岳文艺出版社，2018.1
（北岳诗库 / 孔令剑主编）
ISBN 978-7-5378-5498-6

Ⅰ. ①自… Ⅱ. ①侯… Ⅲ. ①诗集－中国－当代 Ⅳ. ①I227

中国版本图书馆CIP数据核字（2017）第315494号

书　　名：自然疗法
著　　者：侯良学
策　　划：续小强
责任编辑：李建华
书籍设计：张永文
印装监制：巩　璠

出版发行：山西出版传媒集团·北岳文艺出版社
地　　址：山西省太原市并州南路57号
邮　　编：030012
电　　话：0351-5628696（发行部）
　　　　　0351-5628688（总编室）
　　　　　0351-5628692（综合项目开拓中心）
传　　真：0351-5628680
网　　址：http://www.bywy.com
E－mail：bywycbs@163.com
经 销 商：新华书店
印刷装订：山西万佳印业有限公司

开　　本：890mm×1240mm　1/32
字　　数：140千字
印　　张：7.125
版　　次：2018年1月第1版
印　　次：2021年1月山西第2次印刷
书　　号：ISBN 978-7-5378-5498-6
定　　价：39.00元

本书版权为本社独家所有，未经本社同意不得转载、摘编或复制

策划人语

"诗歌出版"是北岳文艺出版社的重要传统。前有"黑皮诗丛",后有"天星诗库",皆为中国当代诗歌杰出诗人之重要出发地。更有"外国名诗珍藏",如今依然为广大诗歌爱好者所珍赏。

"北岳诗库"赓续如此光荣传统,其目光聚焦山西诗歌这一繁盛沃土,其旨在于不间断展示山西诗歌创作实绩,更瞩望为山西诗人造一清静小园。

"北岳诗库",是我们探求共建共享出版模式的开端。大风吹宇宙,红日照高山。祈愿"北岳诗库",如恒山一般,巍然耸立。

续小强

2018 年 2 月 2 日

生态诗歌召唤摩罗诗人

◎龙其林

在生态文学领域中，生态诗歌一直是其中颇为薄弱的环节。尽管从 20 世纪 80 年代以来，陆续有一些诗人创作了具有生态意识的诗歌作品，但在诗歌创作整体疲软的趋势下，从事生态诗歌写作的作家人数并不太多，且缺乏持续性。进入新世纪后，虽然在全球性生态思潮的影响下涌现了一些生态诗人，但中国传统诗歌的山水写意趣味与作家们的逍遥意识，使得不少生态诗人沉溺于对于自然山水的歌颂、向往，他们总是力图消弭个人的主体意识，似乎只有在自然的审美中忘却生态的灾难、不堪的现实，才算是真正达到了物我两忘的唯美境界。哈佛大学比较文学系、东亚语言与文明系的卡伦·劳拉·索恩伯教授敏锐地注意到了这一点，她在其巨著《生态含混主义：环境危机与东亚文学》中充满警觉地写道："长期以来东亚的艺术家们和哲学家们理想化了人们与他们周围非人类环境的互动。他们的陈述予人一种印象，即东亚人对于环境具有天生的敏感，这一点和美国人和欧洲人不同，他们热爱自然并且与自然可以友好共处。但是对于人与他们周围的环境之间亲密关系的浪漫化处理,更多的是被事实否定,而非被经验主义地反映。与大多数人相同,东亚人数千年来重新塑造甚至利用了他们周围的环境。此外,许多现代和一些前现代的东亚小说及诗歌描述了人们毁坏了所有的事物,从小的空间到整个大陆。"卡伦·劳拉·索恩伯教授发现,东亚文化存在一种歌颂人与自然和谐关系的传统,这个传统无视人对于自然的严重破坏,甚至在生态危机严重的时刻作家们仍然具有浓郁的诗情,幻想着人对于自然的亲近与共处。令人遗憾的是,囿于中国诗歌的表达传统和审美习惯,表现自然、亲近自然一直是生态诗歌的重要内容,相反在诗歌中直接议论生态现实、批判生态灾难的诗歌作品因其与读者趣味的差异、审美意味的匮乏而长期处于诗歌的边缘地位,久为研究者所忽略。

　　值得庆幸的是,来自生态重灾区山西的生态诗人侯良学承担了摩罗诗人的角色。侯良学并非专业诗人,任教于晋南小县城闻喜二中的他只是在课余从事生态文学创作,并且尚未引起全国生态文学研究者的普遍关注和足够重视。然而恰恰是这位在生态诗歌领域率性而为的诗人,将他在欧美文学中汲取的末世主义思想、颓废的审丑意识和在现实中发现的触目惊心的生态灾难结合起来,创作出了以生态审丑为审美特征、运用夸张变形手法、强烈批判现实的生态诗歌新路径,对习惯于亲近自然山水、寄情于花草的诗歌传统进行了有意的背叛。侯良学不愿对现实无动于衷,不想随波逐流吟唱人与自然和谐共处的颂歌。侯良学之于生态诗歌的意义在于,他是这个时代的生态呐喊者。侯良学生态诗歌中的代表作具有浓郁的审美属性,它们和之前的口号式诗歌、符号化写作有了本质的区别。他的生态诗歌以赤子的热情、鏖战的斗志、艺术的惊悚深深地激动着读者,使人们在强烈的悲剧氛围与炽热的社会使命感中烙印下生态意识的种子。时代召唤生态文学,生态诗歌呼唤摩罗诗人,侯良学的出现仿佛天意,刺破了皈依自然的生态诗歌写作模式。他似乎就是人们企盼已久的生态诗歌领域的摩罗诗人,一位生态诗歌的叛徒,让沉溺于生态中国美好前景中的人们发现了冰冷的现实。侯良学的创作,是当下这个时代的叛逆者,他打破了人们习以为常的融入自然的写作惯性,是生态诗歌中最激烈、最昂扬、最震撼的声音。

但是习惯了鸟语花香、秀丽山川的读者和同行们,则对这位摩罗诗人怀着莫名的警惕与恐惧。于是侯良学的生态诗歌在同行中得到的反响并不太热烈,于是学术界做着高深莫测学问的学究们告诫说他的作品是人类中心主义的、是解构的、是虚无主义的、是为艺术而艺术的,只有逐渐摒弃人类中心主义和环境主义才可能创作出优秀的诗歌。所幸的是,侯良学的艺术自觉并未被这些有意无意的忽略、扭曲所误导,他依然坚持着自己独特的生态审丑立场,以此观照日益严峻的现实生态问题。诗人曾这样阐述自己创作的文学渊源:"西方现代派文学对我产生了极其深刻的影响,托马斯·史登斯·艾略特的《荒原》对西方工业文明的批判是全面而彻底的,使我深刻地认识到西方工业文明对人的异化、对人与人之间的关系的异化、对人与社会之间的关系的异化和对人与自然的关系的异化","卡夫卡给我的恐惧感异常激烈,每次读他的作品都感觉浑身冰冷、头皮绷紧,他描写的人的变形、《地洞》里的地鼠的心悸、永远打不完官司的《诉讼》、永远到达不了的《城堡》,都加深了我对恐惧的理解,直到我的恐惧变成了人类的恐惧——人类的毁灭。"很显然,是西方现代派的荒诞意识、人的异化处境,再加上生态灾难的现实,一并促发了侯良学的生态诗歌创作。忽略了这一点,将诗人的创作归功于某位伟大文学导师、天才生态舵手的指引无异于痴人说梦。

侯良学是我近十年来非常推崇的优秀生态诗人、诗剧家,他八年前的生态诗集《让太阳成为太阳》即表现出迥异于同代诗人的特质,他善于发现现实生态中触目惊心的事件,在强劲有力的细节刻画中凸显出现实的荒诞、灾难的严重与精神的惶恐,犀利、形象,而又力透纸背,充满着对于当下社会现实与时代精神的深刻领悟。在这部新诗集《自然疗法》中,侯良学将近几年在精神苦闷中对于中国生态现实、社会现实、精神现实的思考做了集中呈现,在看似恬淡的清丽文字中继续表达着对于人性、国民性、消费欲望的批判力度。

在《自然疗法》中,侯良学执着于对生态灾难中的荒诞场景的偏执兴趣,他对人们习焉不察的生态乱象进行了戏剧化的表现,在极端化的语境中表现出人们精神世界的紊乱、社会感知的异样以及对于生态恶化的忡忡忧心。侯良学的诗歌以异化的现实映照了理想化的正常,以病态的思维昭示了健康的日常,以畸形的欲望呼吁了简单朴素的生活,在鬼魅的坟地、紊乱的精神病院的扭曲心理中表达着对于健康精神、饱满细节和理想信念的感知。侯良学在充满精神张力的极端叙述场景中让我们意识到,纵容的权力、充斥的欲望与人心的萎缩构成了当下生态现实的时代幕布。

侯良学的生态诗歌对于恐怖场景、丑陋形象、恶劣行为充满了浓厚兴趣，在自我搭建的戏剧性舞台上，诗人发现了这个时代的精神病象。《坟地》《在精神病院朗诵诗歌》《过年》《蝉蜕》等系列诗作，鲜明地表现出了诗人对于生态诗歌审丑艺术的坚持。在诗人的眼中，坟地是生态现实的一个生动的写照，钢铁城市与社会乱象让现代人进入了另一个意义上的坟地："坟地里的遗骨被悄悄移走/被移走的还有长在坟地里的野花和杂草/推土机推走了野花和杂草们的根/大风吹来钢筋、水泥、砖块/一夜间从大地深处飞速窜起/一座叫巴别塔的摩天大厦/楼里住满讲着杂乱语言的人/变乱的语言引发战争和地震/那些活着的骨头继续留住在大楼公寓里/有的骨头开花　有的骨头长出杂草/一个爬动的婴儿追赶一只猫/那只猫追赶一只会跳舞的老鼠/老鼠唱着歌想要变成一只戴胜鸟"。《过年》则对民众的习以为常的恶习进行了聚焦，口头上的生态主义与实际生活中的肆无忌惮构成了鲜明的对比："春晚还没开演/已经有人放鞭炮/狗狗阿然对着窗外吠叫/电视屏幕上开始倒计时/好像全国人民一起数/九、八、七、六、五……/外面的鞭炮声越来越密集/睡觉的阿然突然惊醒/我在梦里　走到大街上/车挤着车人拥着人/街道两边挂满/被剥掉皮的羊/羊头在地上滚动/被一声炮炸醒/更多的人燃放/更多的鞭炮/好像夜色被鞭炮炸掉/天色越来越亮/太多的人燃放太多的鞭炮/漫步在羊年的大街小巷/人人面戴一个防护口罩"。以夸张、变形为手段，以丑陋、恶习为聚焦点，他关注的却是这个魅惑的时代，关注着民众精神世界中的承袭、挣扎、痛苦、沉沦与绝望，从而使生态诗歌的写作通向了一个更为广阔的空间。

《自然疗法》中所记录的还有诗人近年来对于人的精神

与自然生态关系的敏锐观察,他在对于人们精神危机与生态危机的同构性书写中,一次次地勘探着生态灾难与精神困境的关联程度。这样的写作之所以困难,在于诗人常常难以建立精神困境与自然生态之间的隐秘关系,并且在精神的病相上为二者建立合理的因果关系。侯良学的生态诗作,恰恰朝着这样的方向不断努力着,在作者的批判、讽刺艺术中,我们发现了一个个已发生或正在发生着精神颓丧、信念阙如的故事,以及它们与自然生态的隐秘勾连。《亲爱的,终于下雪了》《野猪伤人事件》《千里追凶》《到田间购买有机草莓》《被修剪的自然》《在迎泽公园与颗颗一起看两栖动物》等诗作,集中表现了当代人精神世界的虚无、无根的迷惘与远离自然的内在关系。《野猪伤人事件》聚焦于新闻报道,将野猪误入城市之后的人畜冲突及人类文明的外强中干进行了强烈的嘲讽:"疯狂的野猪宛如阶级敌人或者犯罪分子/逃窜到一家厂区/被困在一张铁丝网内/没几分钟,它又撕破铁丝网,继续疯狂逃窜/我特警队员持冲锋枪紧锣密鼓地追赶/下午四时许 在另一家工厂/民警连射八枪 成功将其击毙/记者调查后发现/被野猪撞伤的三位老人/浑身多处软组织受伤/衣服被撕咬得七零八碎"。看似没有关联的事物,经过侯良学的审丑聚焦与戏剧化处理,顿时生发出浓厚的生态批判意味。

  侯良学的诗歌口语化特色鲜明,他不断进行着语言的组合、排列,以集束式的冲击波彰显汉语的魅力与精神的震撼。狂欢的语言对应的是民众精神的颓废与价值的空虚,人们在穷奢极欲的物质享受、肉体满足与精神畸变中加剧着自然生态的承受极限。在这本诗集中,《品尝一只鸡》《池塘》《风干的动物尸体》等作品是侯良学语言实验的代表作。《品尝一只鸡》批判的是饕餮大餐的饮食传统与追求口腹之欲的消费心理,即便人们知道禽流感潜藏于鸡群中,依然无法摆脱内心对于食物的极端追求:"我们还在网上阅读了/鸡的药用价值与鸡肉的综合营养/美食成分/鸡肉含蛋白质高、脂肪含量较低/富含维生素B12、维生素B6/维生素A、维生素D、维生素K/也是磷、铁、铜、锌的良好来源/美食功效/鸡肉补益五脏 治脾胃虚弱","鸡蛋蛋白外涂解热毒红肿/生服解胡蔓草毒/蛋黄治心悸怔忡/蛋黄油生肌长肉/喜蛋(孵化成鸡胚的蛋)补虚损、治眩晕/鸡肝明目治夜盲 鸡苦胆治百日咳/鸡血治出血和喘咳 雄鸡冠调经"。诗人高频率地使用生物学概念,以此凸显人们对于极端营养的追求和科学名义下浇灌下的食欲,那些看似严肃的科学概念在这里骤然变得异常触目而无趣。《风干的动物尸体》则对人类为了追逐利益而导致的动物园全体动物死亡的惨剧进行了批判:"炮火连天 炮火连天 炮火连天/爆炸 爆炸 爆炸 爆炸 爆炸/加沙地带/人群逃离 逃离 逃离 逃离/动物们锁在动物园里的/铁栅栏里/没有食物 没有 没有食物/没有食物 没有 水水水/一只动物到底能被饿上多少天/水水水水水水水水水 水/一只动物到底能被渴过多少日/倒在地上 走不动了/走不动了 倒在地上/体内的水分被蒸发/干透了 变成一件件标本/风干的狮子 风干的鳄鱼/风干的狒狒 风干的老虎/风干的野猪 风干的刺猬/风干的天鹅 风干的鸵鸟"。诗人难以遏抑的批判激情下,通过叠加的动作、重复的名词、排列的动物尸体表达对于人类社会的复杂认识与情感。

仍然是卡伦·劳拉·索恩伯教授,这样谆谆告诫人们应该重视生态文学的力量:"文学拥有可以深刻地改变我们的力量,因为它可以揭露人们如何统治、损坏和毁灭彼此以及自然界。文学同样允许我们想象出可以替代的脚本。"侯良学通过独具魅力的生态诗歌写作,为我们所处的时代留下了一份可贵的档案,那些不公的悲愤、权力滥用的后果、无力的百姓、贫富的对立、商业的裹挟、欲望的宣泄、科学的偏执等熔铸到作品当中,以此完成了为社会写真、为自然呐喊的历史使命。侯良学以其肆意挥洒的诗情、纵横捭阖的激情、舍我其谁的担当,为中国当代生态诗歌开拓了一片广阔的天地,也为转型时期中国留下了一份沉重的文学记忆。对于文学书写而言,直面丑恶时常比空想美好更有价值,离经叛道也比循规蹈矩更为真实。

(作者系湖南师范大学现代文学研究中心客座研究员)

目 录

2014年2月4日记事　　/ 1
亲爱的，终于下雪了　　/ 2
爱情是雪花漫天飞舞　　/ 4
坟地　　/ 5
春意　　/ 6
品尝一只鸡　　/ 8
大雪花　　/ 13
观呼吸　　/ 14
与黑猩猩对视　　/ 15
献给MH370的情歌　　/ 17
在精神病院朗诵诗歌　　/ 18
精神病院的黄昏　　/ 20
在精神病院的温泉里游泳　　/ 21
上坟　　/ 23
少女春梦：大水　　/ 25
鲛人　　/ 26
山中野居　　/ 27
精神病院：逃学　　/ 29
精神病院：紧急会议　　/ 31
岩羊　　/ 33

总想在下一个路口邂逅你　　/ 35

天气　/ 37

那天上飞的鸟　/ 38

少女意象　/ 39

雷电之夜　/ 42

一片羽毛　/ 44

清晨，河马出水　/ 45

美女飞蛾　/ 46

自然　/ 47

双角犀鸟　/ 48

蜗牛　/ 50

图瓦卢　/ 52

画皮　/ 54

出神　/ 56

到田间购买有机草莓　/ 58

胡杨树　/ 60

白云山　/ 62

美人兮　/ 63

山中奇遇　/ 65

回不去了　/ 68

破碎的陶器　/ 70

发现　/ 72

在我的身体进进出出　/ 73

化石　/ 74

疯狗　/ 75

池塘　/ 76

蝉蜕　　　/ 77

读西尔维娅·普拉斯　　　/ 78

路边　　　/ 79

早上8:00　　　/ 80

来自星星的你　　　/ 81

小羊羔之死　　　/ 83

蜂巢　　　/ 85

猫的进化　　　/ 86

十一楼　　　/ 87

反效果　　　/ 90

两只依偎的麻雀　　　/ 91

光　　　/ 92

6月19日纪事　　　/ 93

在迎泽公园与颗颗一起看两栖动物　　　/ 94

蜜蜂　　　/ 98

听雨　　　/ 99

纪念一只鸟　　　/ 100

X　　　/ 102

无题二首　　　/ 103

窃窃私语　　　/ 104

看月亮　　　/ 105

相遇一棵古柏树,粉碎后聚合　　　/ 106

两棵恋爱的树　　　/ 107

宛如被敲头的鱼　　　/ 108

观云　　　/ 109

高温　　　/ 110

寂静　　/ 112

看云　　/ 113

消失　　/ 114

墓穴　　/ 116

被修剪的自然　/ 117

巫山云雨　/ 118

夜行　　/ 119

雨中观花　/ 120

蜗牛之死　/ 121

梦中，两个小孩　/ 123

阿拉伯豹　/ 124

他又犯病了　/ 125

黑暗中　/ 127

秋天，空气明净　/ 128

诗意　　/ 130

家乡的柿子树　/ 131

钥匙忘在家里　/ 133

秋日　　/ 134

快要成熟的小苹果　/ 135

雄袋鼠　/ 136

天亮时　/ 137

与妻书　/ 139

供暖　　/ 140

诗人抑郁症　/ 141

野猪伤人事件　/ 143

梦见乔鱼　/ 145

戴口罩的人　　／ 147

住院记录　　／ 148

井树静　　／ 150

南江亭　　／ 151

袜子　　／ 153

捡鸟蛋　　／ 155

化了　　／ 157

风干的动物尸体　　／ 158

一只金丝雀突然从我的一根肋骨飞走　　／ 159

试想　　／ 161

杨水兰　　／ 163

过年　　／ 164

在撒哈拉沙漠　　／ 166

罗非鱼　　／ 167

千里追凶　　／ 168

深夜狗叫门　　／ 169

到南极结婚　　／ 170

他僵卧在床　　／ 171

养狗记　　／ 173

诗人与狗　　／ 203

后记　　／ 205

2014年2月4日记事

冬天没有下雪的冬天还是冬天吗
甲午马年农历正月初五
雪花从天上飘下来
飘在枯树的干枝杈上
飘在风中晃动的枯草上
飘在冬青的麦苗上
飘在远处的房顶上
飘在我侄儿的婚宴上
飘在照片上我故去的父亲和母亲的笑脸上
我独自一人走在田野的雪地里
一群麻雀像雪花一样叽叽喳喳地飞舞
三只黑黑的喜鹊在白晃晃的雪地捡食什么食物
身后的脚印早已被雪埋住，一只小狗
还是嗅到我的快乐味道
跟着我的脚　叼起我的美丽的心情
我　从身体里挣脱出一匹灰白的马
挣脱缰绳　放开蹄子　奔腾
奔腾　蹄子把雪花擦成火花

2014-2-6

亲爱的，终于下雪了

亲爱的，终于下雪了
我也终于能够写诗了
你的便秘好了吗
整整一个冬天不下雪
气候干燥使你结肠运动紊乱
你是不是大便时疼痛难忍？
是不是肛口破裂流血不止？
你的胃也有毛病了
胃气膨胀使你胸闷
你呼出的气体好像全是甲烷
真害怕你变成一头奶牛
放一个屁就引起一次大爆炸
亲爱的，终于下雪了
这下好了　你的胃病肯定也好了吧？
我都能写诗歌了
一直不下雪我写不出一个字
一直不下雪你不是感冒就是感冒
不是头疼就是头疼
不是咳嗽就是咳嗽
这场大雪不仅驱散了雾霾天气

而且还把你的整个身体机能焕然一新
瞧,我也好像变了一个人
对你重新燃烧起凶猛的爱情之火
亲爱的,终于下雪了

2014-2-7

爱情是雪花漫天飞舞

两只白天鹅从遥远的地方飞来
一只落在你的怀里
一只栖息在我的脊背上

两只乌龟从我们的臀部爬出来
一只背上载一头绵羊
一只背上载一头山羊

两朵花在漫天飞舞的雪花里盛开
一朵盛开成红色
一朵盛开成绿色

我和你牵着手走在漫无边际的雪野
你身后的每只脚印里都有一只小松鼠
我身后的每只脚印里都有一只小白兔

2014-2-7

坟 地

坟地里的遗骨被悄悄移走
被移走的还有长在坟地里的野花和杂草
推土机推走了野花和杂草们的根
大风吹来钢筋、水泥、砖块
一夜间从大地深处飞速窜起
一座叫巴别塔的摩天大厦
楼里住满讲着杂乱语言的人
变乱的语言引发战争和地震
那些活着的骨头继续留住在大楼公寓里
有的骨头开花　有的骨头长出杂草
一个爬动的婴儿追赶一只猫
那只猫追赶一只会跳舞的老鼠
老鼠唱着歌想要变成一只戴胜鸟

2014-2-21

春 意

我站在旷野
突然黑夜对我说
春天到了
我感到脚下的土地已经松软
我的根梦游着触到
雪正在融化的湿气

消息在土地深处传播
消息在空气中传播

阳台上
一个少女
跳动着两只蝴蝶脚
小花狗扑追着
蝴蝶的翅膀

消息在大地深处炸裂
消息在空气里漂浮

一群小孩

花花绿绿的
在一堆土上玩耍
如一群麻雀
叽叽喳喳

我浑身被燥热血液流通
枝枝杈杈已然开遍鲜花

2014-2-22

品尝一只鸡

第一部

朋友送来一只鸡
我不知道是公鸡还是母鸡
准确地说　是一只鸡的尸体
妻子拿起菜刀
喀喀喀　剁成一块一块
装进塑料袋
冻在冰箱的冰柜里

整天整天　我似乎听见公鸡打鸣
整天整天　我可能听见母鸡下蛋
整天整天　我觉得自己看见一只老母鸡
　　　　　身后领着一群小鸡
整天整天　总有一只鸡栖息在我家的天花顶

第二部

我们决定吃掉这只鸡
吃掉它后它就不再出来捣乱

为了吃掉它我们找到各种理由
它是朋友送的不是我们杀死的
人们养它就是卖它赚钱
大家都不吃鸡养鸡人就会失业
就不能养家糊口
当然啦如果朋友送来的是一只活鸡
我们可以把它放生
但是它确确实实已经死了
如果不吃扔掉就是浪费
我们不想做浪费的人
我们只能吃掉它
也许会带来禽流感
不过专家说过活鸡才会传染
它已经死掉了就不会传染
我们绝对可以放心大胆地吃

第三部

关于怎么吃鸡我们在网上查了一下：

白斩鸡　干炸鸡　沸油鸡　锅烧鸡
香酥鸡　香菇鸡　葱油鸡　汽锅鸡
鸡蓉　鸡丝炒鸡蛋　香露全鸡
千岛汁鸡球　鸳鸯鸡　乡巴佬草鸡
棒棒鸡　金华玉树鸡　干烤鸡块
宫保鸡丁　宫爆鸡丁　香辣鸡柳
飘香鸡排　傣味柠檬鸡　甜辣滑鸡球

香菇黄焖鸡　劲爆鸡米花　泡椒凤爪
青花椒炖童子鸡　老干妈炒鸡翅
蜜汁烤鸡翅　红咖喱土豆鸡翅
法香煎鸡腿肉　酸甜鸡腿肉
玫瑰烟熏翅根　盐酥蒜香翅根
蒜香川味鸡胗　鲜嫩口水鸡
脆皮桂花鸡　脆皮炸鸡块
大盘鸡　咖喱鸡　辣子鸡
可乐鸡翅　红烧鸡腿　柴鸡炖蘑菇
青椒炒鸡丝　重庆江湖菜泉水鸡
无与伦比的美味鸡架……
哎哟　太多了　头大了
最好我们用最简单的办法
清水、盐、葱、蒜、生姜
煮煮而已

第四部

然后我们还在网上阅读了
鸡的药用价值与鸡肉的综合营养
　　　　美食成分
鸡肉含蛋白质高、脂肪含量较低
富含维生素 B12、维生素 B6
维生素 A、维生素 D、维生素 K
也是磷、铁、铜、锌的良好来源
　　　　美食功效
鸡肉补益五脏　治脾胃虚弱

鸡蛋蛋白外涂解热毒红肿

生服解胡蔓草毒

蛋黄治心悸怔忡

蛋黄油生肌长肉

喜蛋（孵化成鸡胚的蛋）补虚损、治眩晕

鸡肝明目治夜盲　鸡苦胆治百日咳

鸡血治出血和喘咳　雄鸡冠调经

　　　　饮食宜忌

鸡肉的营养高于鸡汤

不要只喝鸡汤不吃鸡肉

鸡屁股是淋巴最集中的地方

也是储存细菌、病毒、致癌物之仓库

应果断弃之　坚决不要！！！

第五部

于是我们聚精会神开始吃鸡

我给妻子夹了一条鸡腿

妻子给我夹了一条鸡腿

我们都完成了吃鸡腿的任务

但是没有吃掉鸡腿上的鸡皮

我们一人喝了一碗鸡汤

妻子说再也不想吃了

我也感觉自己立刻马上要呕吐

第二天妻子身上长出许多红疱疱

有的医生说是水痘

有的医生说是病毒性湿疹

但都建议她不要吃鸡肉

很多很多很多天后
我终于鼓足勇气
准备再次吃剩下的鸡肉
（再不吃掉就要坏掉
坏掉就得扔掉
扔掉就是浪费
浪费就是犯罪）
开吃的时候我打开电视
电视上正在播放《恐龙星球》
从这个纪录片中我得知
鸟是恐龙的后裔
鸡属于鸟类
那我吃鸡难道不就是在吃恐龙吗
谁说恐龙完全灭绝了呢？
瞧它在我的饭锅里
它在我的咀嚼中
它在我的蠕动的胃里
它在我的血液和骨髓里
晚上睡觉时我变成一匹恐龙
因为散步走错时空
来到你的自己也是恐龙的梦中

2014-2-25

大雪花

大大的雪花飘着

我走过一株梧桐树

雪花 雪花 大大的雪花

那时就我独自一人

我抬头 抬头 抬头

雪花 雪花 飘进我眼睛的雪花

梧桐树的树干那么干枯

宛如被剥去了写满咒语的树皮

枯黄的树叶挂在枝头

雪花敲击树叶的震动

一只灰喜鹊跳跃、鸣叫

另一只灰喜鹊跟在它身后

我试图学着灰喜鹊飞行

在半天空

被一群雪花劫走

2014-2-28

观呼吸

放松全身　把念头关注在呼吸上
吸——呼——吸——呼——吸——
有一颗种子在你的体内发芽
慢慢地长大　根越扎越深
你的全身开成一朵白莲花
你是一朵白莲花每一片花瓣在呼吸
你是一只蟾蜍鼓起嘴巴在呼吸
你是一条蛇盘卷起来在呼吸
你是一块石头在溪水流淌中呼吸
你是变色龙的舌头长长地伸出在呼吸
你是挂在晾衣绳上的连衣裙在呼吸
你是天空飘飞的一朵雪花在呼吸
你是一只蚂蚁搬运一片草叶在呼吸
你是漂浮的塑料袋倒挂在高高的枯树枝上在呼吸
你是奔跑追赶角马的母狮子在呼吸
……
走神了　把念头拉回来
关注在你的呼吸上
呼——吸——呼——吸——呼——

2014-2-28

与黑猩猩对视

我不敢跟你对视
我不确定是你在栏杆里
还是我在栏杆里?
我不知道你是雄性还是雌性
当我盯看你的裆部
自己发现自己很脸红
你会在我的眼睛里读到这些吗
我很羡慕你在森林里的生存能力
能从一棵树上跳到另一棵树上
当然假如你是一个群落的王
你会有许多异性跟你交配
你有一个本领用树枝插进蚁穴
白蚁爬满树枝时你抽出来
就可以钓到许多好吃的蚂蚁肉
这个本领我想对我就是小儿科
关键是我不敢吃蚂蚁
我害怕万一蚂蚁没有死
它们在我的体内四处乱爬
从我的耳朵、鼻子爬出来
甚至从我那里爬出来

你能从我的眼睛里读到这些吗
跟你对视时间久了觉得你是我的父亲
可你偏偏把你的目光拽走了
你回头看我的动作我觉得像我的母亲
你会不会也想做一个人类呢？
那样你就可以制造宇宙飞船
当然你也会制造原子弹
或许你制造假药就跟真药似的
你制造的地沟油就跟真地沟油一样
那样恐怕你就不需要森林了吧
你会不会把森林毁掉建造一座
钢筋水泥汽车高烟筒性药批发爱情电视剧
废水毒空气雾霾超市垃圾爆炸的烟火爱人
虚拟着虚拟着虚拟着的各种野生动物的
城市／森林

       2014-3-13

献给 MH370 的情歌

早上我的鞋子里灌满爱情
失联的飞机已经失去踪影
我猜想你就乘坐在失联的飞机上

每天我把愤怒撒气在乌龟的龟壳上
我用甲骨文的泪水喂养它们
自己变成一只海龟与它们交配

你到底去了哪里哪里都找不到你
爱情灌满我燃烧的头发丝,爱情
灌满我空荡荡空洞洞的衣服

我费力地吞吃冬虫夏草(很可能伪劣或假冒)
满世界地奔跑满世界地寻找
像一条发了情的雄海豹

我的两只鞋子灌满黑色的爱情
它们在前面飞着
我大喊大叫的面具飘飘地在后面追着

2014-3-21

在精神病院朗诵诗歌

亲爱的我突然梦醒
我突然梦醒因为你
因为你的昏厥你的痉挛
你的痛不欲生的表情和麻痹
我再也不能忍受黑夜
以及黑夜无边无际的四处奔跑的医院
我在充满福尔马林的气味里醒来
外面天空暗淡却有神秘的鸟叫声
（也算是处处闻啼鸟了吧）
鸟们并排蹲坐在高压电线上
叽叽喳喳宛如我病房里的女友
她总爱把自己爱吃的鸡屁股
一股脑地夹进我嘴里，并且N次
对我表白：男人没有一个好东西
她这样说我就觉得自己不是男人
我也不是神经病他们肯定都是
所以我喜欢给他们朗诵我的诗
有时候有些医生也偷偷地在门口偷听
他们为了表扬我给我抬来一颗太阳
我认识这颗太阳（是我们太阳系的）

太阳从海底深处往外跳
赶走偷吃它的鱼
赶走偷吃它的狗
赶走我最不喜欢的乳房肥硕的女医生
我盯着它看时它不断地在我病房的墙壁上缓缓升起
太阳啊太阳
你的旭日东升说明地球还是那么正常
地球心脏的搏动使我多么情不自禁
我情不自禁地朗诵使我多么疯狂
亲爱的我一定
我一定好好配合医生
尽快治愈自己酷爱朗诵诗歌的疾病

2014-3-23

精神病院的黄昏

每人头上都包裹一块灰暗的布
行色匆匆
宛如迷失方向的鸟
失魂落魄的叫
在黑影重重的高大建筑群里盲目碰撞
三叶草的嫩芽从温湿的土里拱出变成真正的三叶草
病友们啃完鲜嫩的三叶草
把自己变成各自喜欢的树
于是泡桐、梧桐、柳树、杨树、椿树、槐树、苹果树
桃树、杏树、梨树、榆树、柿子树……
大家你争我抢　茁壮成长
伸出的枝条如散开的头发伸向天空
喜鹊、灰喜鹊、麻雀、金丝雀
野鸽、鹡鸰、戴胜、乌鸦……
它们都找到了栖息的家

2014-3-25

在精神病院的温泉里游泳

泡泡温泉吧,泡泡温泉就能治愈你的绝望
我一直盯着医生涂满口红的大嘴,那里正在绽放
一朵散发奇特异味的红突突的梅花。

在热气腾腾的游泳池,美女若云的护士们
展露她们青春肆意的魔鬼身材
空气湿润,融化着我生病的冰冷心脏
我把心脏取出,双手捧着就像捧着一枚月亮
我把这枚月亮像放一艘纸船一样放在水中
其中几个美女护士跳进船舱,她们起航,航行大海
在我的视线所及的地方,她们开始飘浮、上升
她们消失在银河系以外的某个地方。

我恐惧着那水,不肯进入水池子
护士们以罕见的忍耐力和想象力
启发我　诱导我　鼓励我　撒娇似地强迫我
她们指着一个佝偻的老头说:看见没有?
那个直不起腰的老头,只要他进入水中
就立刻变成一个年轻小伙。说着用手一指
老头无意识地进入水中,我看见他的头发

越变越黑,他的身子越来越舒展,突然他
跳出水面,好像一只笑声洪亮的舞蹈海豚。
她们指着一个满脸皱纹的老太太说:只要
她进入水中,马上就变成一个花季少女。
护士的手指在空中绕了一个小圆圈
那个老太太就鲤鱼打滚,潜入水底
很长时间过后,一个靓丽的美少女冒出水面
出现在我面前,对我微笑,笑容里布满欲望
我已经感觉到自己的内心悄悄地发生变化
迫不及待,跳进水池子,像一只青蛙一样游动
我自己就变成了一只皮肤碧绿的青蛙
我像一条鲨鱼一样游动自己竟变成了一条鲨鱼
我像一个海天使一样游动自己的身体一片透明
我想变什么就变成什么,待在水里
再也不想出来。护士们等着下班
她们把我从水中打捞出来,离开神奇的温泉
我竟然变成一个婴儿,一个浑身肌肉萎缩
的婴儿,她们对我大喊大叫,我的全身
静静地绽放　绽放出一朵肥大的笑容皱纹

       2014-3-26　纪念海子

上 坟

黎明,早起,洗漱完毕
室外天色暗淡
鸟们还在睡眠
天气也许是阴天

昨夜母亲穿着大红袄
和父亲举行婚礼
我喝醉了酒和春天
病逝的姐姐也来参加热闹

那个疯子点燃垃圾
烤火
火焰照亮他污垢的脸
也把他周围的夜色点燃

公交车上,坐着几个纸人
女售票员在打盹
男司机聚精会神,把车开进雨地里
雨水打湿纸人,飘飞的纸人

天亮时，赶到墓地
父母的坟头报春花炸开
一路灼烧到大海
湿漉漉的太阳从那里升起来

   2014-3-30

少女春梦：大水

在你的睡眠里，雨水四溢
在你裸身空出的位置
雨水四溢
床单上
隐隐长出树叶枝杈
长出野草和繁花
如你起伏的秀发
从你的头发里
流出少女的血
流出一只白鹇鸰
惊恐的叫声，大水袭来
大地的床单上
一片汪洋
冰雹敲打着屋顶
敲打着你的沉沉睡梦

2014-4-3

鲛 人

空荡荡的教室里
几个鲛人坐在光亮的书桌上
梳洗它们的头发
长发滴水使长发更长

我静坐在空空的木头上打坐
空空的木头里有啄木鸟
空空的啄敲

鲛人在我冥想的水面上
浮出　　　　　呼吸

2014-4-6

山中野居

在山中种植一片竹子
在竹林搭建一弯小屋
当清风吹过竹林
当清风吹奏小屋
清风清空你的肉体
你向竹鼠学习
饿了便吃竹子
饮着竹叶滴嗒的露珠
你向白鹤学习
不断练习飞行
你像一朵闲云
山中四处游逛
抛出一把石子
连接一尾天梯
踩着漂浮的石头
你在空中漫步
你早已脱光衣物
抬头仰望月亮
身上长出狼毛
喉咙发出狼嚎

你的周围
蹲坐几头野狼
宛如你的雕像
月光静静
落满它们
的眼瞳

  2014-4-7

精神病院：逃学

我想逃
逃出你的课堂
逃出你的学校
逃出你为了我好　的爱　的篱笆
逃出你的谆谆教导
逃出你读也读不完的规章制度一条接一条
我想逃
逃出这些钢筋
逃出这些水泥
逃出这些垃圾　的堆放　的燃烧
逃出你穿在我身上的春夏秋冬
逃出你精心设计的垃圾食品及其养料
我想逃
逃出你们的广播
逃出你们的音乐和歌曲
逃出你们四处游动的嘴巴
逃出你们无处不在　的眼珠
逃出你们散发福尔马林的气味

我想逃

我想
我
0

2014-4-7

精神病院：紧急会议

宛如冬天。我们挤在会议室
吸烟。发言。讨论节能减排
我们开着空调因为是寒冬
我们打开风扇因为是炎夏
聚集在会议室，喝茶，聊天
看新闻，读报纸，打瞌睡
室外宛如秋天。树叶唰唰落地
扔来扔去的飞刀。

父亲淘好麦子，等待来电
面罐已空，心急如焚烧的夏天
心肌梗死，燃烧的纸花艳艳
躺在手术台上，等待来电

母亲早早钻进窑洞
在漆黑的被子下面
宛如感冒的春天
的咳嗽，咳嗽颤抖着薄薄的身子
墓地早已塌陷

交通瘫痪

四季瘫痪

人心瘫痪

群鸟莫名死亡

尸体从天空砸下

砸爆路上行人的脑袋

总是有人大声喊唱——

我的未来不是梦

多少年后传来孩子基因突变的消息

2014-4-8

岩 羊

睁开眼睛
看见一头岩羊
他正低头看我
他的两角绵长挺拔
角尖挂着两朵警觉的白云
我睁眼的动作惊了他
他迅速后退
我赶紧闭上眼睛
听见他四蹄的哒哒声
他肯定在我家客厅的什么地方
偷偷地把我的眼睛睁开一条窄缝
发现他正回头偷看我
我把自己潜到池水底部
池水外蓝天里飞着云雀
岩羊的四蹄哒哒哒地踩
在我家房屋的天花板上
我睡意沉沉
池塘里的水灌满我的脑袋
在一个摄像机的画面里
我怎么也找不见自己

一只野岩羊
出现在高高的山顶

如果一个房间里失踪了一个男人
房间的墙壁上
画满岩石
岩石的缝隙里
肯定会有岩羊的蹄印

      2014-4-9

总想在下一个路口邂逅你

总想在下一个路口邂逅你
我背着沉沉的书柜
书柜里装满你的书信
也许是我低了一下头
错过了你

总想在下一个路口邂逅你
想象你穿花格子衬衫、背带裤
扎着马尾辫　手捧狗尾巴花
也许是我眨了一下眼
错过了你

总想在下一个路口邂逅你
一只娇媚的狐狸
长长的飞起来的毛尾巴
含情脉脉的弯弯睫毛
往我怀里扑　我躲过了她

如果这只狐狸就是你　你却不会开口说话
如果下一个路口站着一棵泡桐树

泡桐树上有一朵花正好是你
如果那朵花里飞着一只蝴蝶
那只蝴蝶翩翩　偏偏就是你

总想在下一个路口邂逅你
也许遇见了你　就已经错过了你

　　　　　2014-4-12

天 气

四月的这一天
雨七七八八地下了一天
黄昏时还在下雨
我在电视上看新闻联播
美国也在下雨
英国也在下雨
午夜　雨点敲打着
卧室的窗玻璃
朦朦胧胧传来
古代的犬吠

2014-4-12

那天上飞的鸟

那天上飞的鸟　是不是飞在我的眼睛
那海里游的鱼　是不是游在我的脑海
那路边风吹的野花　是不是长在我的胳膊
那结在树上的果　是不是我的蓬勃的心跳
跳动的青蛙　是不是我病床上的两条腿
奔跑的猎豹　是不是我画在我裸身的线条
雨雪霏霏　是不是我幻觉的场景
电闪雷鸣　是不是我早已遗忘的激情
洪水猛兽　是童话？是神话？还是传说？
那站在草丛里　黑猩猩　正观察着我的一举一动

2014-4-12

少女意象

1. 少女是一颗炸弹
   默默躺在我身边

2. 少女有两股清泉
   来自她内在隐秘的自然森林

3. 两条细长的竹腿　行走在倒影的水面
   少女，一头浓密的黑发看不见美丽的脸

4. 你是精心腌制的泡菜
   终于发酵成一只杜鹃

5. 豹纹的少女
   奔跑如飞鱼

6. 少女的胴体
   沙漠无边无际的流体

7. 一朵罂粟花，少女，火焰

含在嘴唇的燃烧的草莓

8. 供在祭桌上的少女
   一杯毒酒的血

9. 少女点燃自己的体香
   空空庙堂　袅袅升起

10. 我走在林间小道
    一条少女肢体的青蛇擦脚边滑过

11. 少女胸前的两只乳鸽
    扑闪白色的羽翅练习飞翔

12. 禁地！谢绝参观！禁止通行！

13. 原始森林的原始气息
    还有至今没被发现的物种

14. 少女是一曲白天鹅
    演奏在湖水表面的一节古筝

15. 水下的少女
    哑巴的美人鱼

16. 我的手背站着一片蝴蝶少女

我的眼眶挂着一滴露珠少女

17. 穿过我的身体的少女
　　　倒悬在合欢树上的少女

18. 在我血液里流淌的少女
　　　在我大脑里筑巢的少女

19. 少女蚂蚁爬满我全身
　　　分解我腐朽的躯骨

　　　　　　2014-4-14

雷电之夜

一次突然闪电之后
雷声滚过房间
断电
房间里漆黑一片
再次闪电
更亮更耀眼
雷声劈进我的头脑
炸碎我心脏
我空空的壳
蜷缩在床上
颤抖的身子躲在被子深处
床在震动
我知道地板也在震动
四壁的墙摇晃着
天花板也在摇晃
整栋楼房都在电闪雷鸣中摇晃

每次闪电之后
我都在雷声阵阵里退化
我退化成原始的山顶洞人

围坐在篝火旁被雷劈死
我退化成一只长臂猿
在树枝间被闪电追击跳窜
被雷劈死
我继续退化的历史
终于退化成一条恐龙
等待一颗彗星
袭击地球

梦中醒来　天已大亮
发现自己被洪水包围
传来昨夜雷电劈死人的消息
说她/他接了一个神秘电话
之后就被雷电击中

2014-4-15

一片羽毛

我看见一片白色的羽毛
一片白色的羽毛轻轻地、缓缓地飘落
它的浑身吸饱了阳光
闪闪发亮的羽毛　慢镜头地落尽夜色

我不知道这片羽毛的主人是谁
我不知道这片羽毛的主人是死是活
这片羽毛说不准就是天外来客
穿过多维的宇宙　到来我们的地球

这片羽毛飘过的地方空气变得清洁
这团清洁的空气里立刻释放出无数只鸟
羽毛悠悠地飘落　落进滚滚长江
浑浊的长江水快速清了澈　清澈的水汇入大海

一片白色的羽毛漂浮在无边无际的大海
鱼群向它簇拥　鱼群离它而去
白色的羽毛如明月倒挂在夜空
闪烁的光　照亮了地球上的整个海洋

2014-4-16

清晨,河马出水

当太阳透明的颗粒撒满尘寰
太阳的红染红湖泊和沼泽
太阳的绿染绿树木、芦苇和水草
鲜花和鸟兽各自领走自己的颜料
时间开始凝固
空气堆积成一台每秒2000帧的高清摄像机
等待开拍——
水面突然裂开
水珠四溅
一条河马
的头
跳了出来
两只小小的眼睛射出彪悍的光
鼻孔喷气击打水花
大嘴巴张开直角
似乎要吞掉朝霞四溢的太阳

太阳在河马喷水的拱顶下　愈升愈高

2014-4-17

美女飞蛾

那年冬天　在一个小酒馆
我独自饮酒　喝到半斤多
室外下起大雪
从门外进来一个披蓑衣的人
他坐在我的位置
拿起我的酒杯
我在镜子里看着他
他喝醉了自己之后
盯着镜子里的雪山看
一个古代的老头坐在河边，钓鱼
雪下有哗哗的流水声
镜子的表面上
一只长得像美女的蛾子
停留在那里

2014-4-18

自　然

天是阴的（其实是太阳的光线没有穿透空气）
微微的风吹着（其实是空气在流动）
风中有雨丝（其实是流动的空气里富含冷气体）
湖面上雾蒙蒙的（其实是湖面上的冷空气太密集）
其实这一切跟你的心情没有关系
不管你高兴还是忧伤
不管你幸福还是痛苦
雨要下照样地下

2014-4-18

双角犀鸟

我隐入了梦
一只双角犀鸟飞进我耳朵
带来一颗热带雨林种子
种子发芽　芽儿长大
长成一棵参天大树
双角犀鸟把自己埋在树洞里
等待另一只双角犀鸟飞来
天下着敲打树叶的雨
树梢栖息着一对白眉长臂猿夫妇
它们对视的爱情发出吼叫
叫声美如神秘的乐器
从乐器的子宫
生下白眉长臂猿的宝宝
我隐入的梦
体毛越长越长
眉毛愈变愈白
长长的毛毛茸茸的尾巴上
飞落另一只双角犀鸟
他的圆眼圈睫毛长又长
是一朵炸开的笑

他美如皇冠的头骨
招来杀身之祸
死去的长喙
衔着一枚坚果
那埋在树洞的雌性犀鸟
是否孵出了小宝宝？

2014-4-21

蜗 牛

迎面而来的连绵山脉
刻满鸟的叫声

月光如雪花落着
一只蜗牛
背着它漂亮精巧的小楼房
极慢地爬行

月光如雪花飘着

四年没有吃东西
一只蜗牛
拖着巨大的帆
划行

在山谷的河面
月光荡漾

月光如雪花飘落

河水漂浮一根朽木
如我
啄木鸟的长喙点敲我
硬硬的肉

月光如雪花飘着落着

迎面而来的连绵的山脉
盖满月光的积雪

        2014-4-22

图瓦卢

在图瓦卢
从水龙头里流出
海水的汹涌
防波堤愈筑愈高
浪花的手指头
还在
还在不断地
不断地撕扯
不断地抠
抠
抠
当漂泊的信天翁
肚子装满打火机
叫声喷着血和火
翅膀降落图瓦卢时
图瓦卢
早已
人
去

楼
空

2014-4-28

画 皮

那个从高入云天的昆仑山顶
云雾缭绕~笛音袅袅
              飞
           跃
        而
      下
    的
美丽女人
脊背上
一朵箭毒蛙在开花
两条眼镜王蛇在打架
三只蝎子在沙漠里爬
四名蜘蛛在喷洒
她的肚子上
云豹展开翅羽
老鹰口叼鳄鱼
美丽的女人
      飞
        落
         直

　　　　下
三千尺的瀑布
一层
一层
脱掉自己
裹在最后一层的
是一匹少女母狼
一匹怀孕的小母狼
挖好一个幽深的地洞
静静等待第一次分娩
神秘的疼痛

　　　2014-4-29

出 神

我走进你的身体时
你的手机又是振动又是响铃
是一个男人打来的
这个男人说另一个男人死了
死了的男人是醉酒死的
准确地说是醉酒后上厕所
却走进了女厕所
他可能在女厕所撒尿了
但肯定呕吐在女厕所了
呕吐时失去平衡
摔了一跤
头卡在马桶里
窒息而亡
我突然感觉我待在你的身体里
你问那个醉死在女厕所的男人是谁
手机里的男人肯定了是他的邻居
而且打算马上去他家与他的遗体告别
你说男人死了他老婆就成寡妇喽
寡妇当然需要安慰喽
你说的时候坏坏地笑着

我此时正在你的身体里参观风景
这里走走　那里停停
我看到高山流水长　我听到森林鸟兽鸣
我打马骑过草原青　我驾鹤飞越雪山顶
在一只挪威麝牛的肚子里
我来到你鼻子尖上
你的手机躺在你的枕头边
早已鼾声隆隆

2014-4-29

到田间购买有机草莓

我到田间
购买有机草莓
卖草莓的男人
在他的草莓温室
逮住一只母野鸡
她被绑住翅膀
放在秤上
让自己表现出三斤二两

我没有像古代书生那样
从口袋里掏出钱
把她买下
然后　把她放生
她或许会找到心仪的男野鸡
后来在爱巢里交配
后来生下几枚蛋
蛋们在她温暖的怀抱里孵化
就有几只歪歪唧唧的小野鸡
张着大大的嘴巴长大
……

我收回自己的遐思
掏出的钱
与称好的草莓交换
让饥饿的唇吮吸它们
它们一个接一个爆炸
我的两手沾满鲜血
一样的
红

2014-5-10

胡杨树

突然就一棵胡杨树
闪现在我的脑海
它本该在数千里之外
塔克拉玛干沙漠的外面

为什么它竟想到我
它以什么方式旅行
没有坐飞机
没有乘火车
没有挤公共汽车
难道是步行而来吗

它是什么时候出发的
在路上走了多少日子
出发时夜空是不是群星闪耀
塔克拉玛干沙漠有没有让它给我
捎来什么礼物

这株胡杨树
靠什么定位、辨别方向

最后找到我
栖息在我哗哗流水的脑海里

2014-5-10

白云山

坐在白云山顶
白云向你涌来
你的体内
慢慢被注满

坐在白云山顶
白云离你远去
你的体内
越来越空

你在这片云海
找不见自己
的身影

2014-5-14

美人兮

一张美人脸
在鞭炮的炸响中若隐若现

一张美人脸
在高跟鞋的嘎嘎声里渐行渐远

一张美人脸
留下硫黄、汞、铅和雾霾的味道

一张美人脸
遗下一串串山林间的脚印

一张美人脸
在柴火的燃烧中破裂成音韵

一张美人脸
在一幅画卷中被风撕扯掉秀发

一张美人脸
穿过我的指缝间和头盖骨的窟窿

一张美人脸
宛如天鹅飞过蓝天的缥缈云朵

一张美人脸
骑在一片飘落的羽毛上慢悠悠飘落

一张美人脸
刮过一阵风,然后奔跑得无影无踪

一张美人脸
下起淅淅沥沥的深秋的雨

一张美人脸
吹起漫天落叶和枯草

一张美人脸
一朵雪花　飘飘坠地　倏忽融解

2014-5-21

山中奇遇

筑　路

搅拌机轰隆隆地搅拌着
搅拌着水泥、沙子、石头、水
把搅拌的混合物
倒灌在模子里
工人们像几块磨刀石
把路磨平
把路伸进大山
的深处

在路的尽头

在路的尽头
竖起一道铁栅栏
几条大狗守着大门
禁止入内
看见有鸡四处屙屎
有鸭正在追赶青蛙跳舞
也许还有人工养殖的野猪
闻到了槐花的馨香

如果会飞
我们一定一起栖落在同一棵槐树上
正如那一对鸣叫的野鸡

冥　想

山涧　一块巨石
被流水打磨数十亿年
光滑如镜
坐在上面
可以感觉到储存的阳光
从里面
渗出
闭着眼睛
听见水的流淌
流淌如风
水流过水草
风中传来
一只不知名的小鸟
闭着眼睛
感觉自己慢慢膨胀
膨胀成气球
向山顶飘去

在山顶

在山顶
我是风

吹着你的脸
吹着你脸上的几绺头发
在山顶
我是风的嘴
一条贪嘴的小金鱼
游走在你身体的画廊
你的身体是一朵白云
白云生处什么在翻滚
一粒陨石遗落的种子
开始发芽
白云里长出一棵
合欢树

2014-5-23

回不去了

房前一排粗大的白杨及树荫
房后一座果园和群居在果园里的鸟
这是一排土木结构带瓦檐的平房
其中两间是20年前的我们居住
一间是卧室　另一间是客厅
其他的房间被另外的老师居住
冬天我们生着蜂窝煤火炉
取暖、做饭，在火炉旁读书、写诗
而你编织着毛线衣，我们一起
看着果园里被大雪覆盖的大地
那些果树都穿着雪衣
秋天我们同时仰头望白云蓝天
白杨树叶飒飒地摇晃秋风
落满我们流泪的眼睛
夏天不管房前还是房后
房檐都会滴滴答答淅沥的雨水
我们躺在床上悄声细语
宛如那集体水龙头里流出不尽的柔情
春天似乎就是从水龙头里流出
再也不用火烤，再也不用烟熏

水龙头周围的积水结的冰也融化了
我们会被冻在一块晶莹的冰里
永远年轻吗
房屋早被拆毁
白杨早被砍伐
果园变成高楼大厦
我们回不去了

    2014-5-25

破碎的陶器

我看见一只陶器
我看见一只陶器的碎片
一声一声的叹息

不知道制作陶器的手是谁
不知道使用陶器的手是谁
不知道摔破陶器的手是谁

我曾躺在陶器里
与一个美女子恋爱
陶器长满花草

也许陶器里养过鱼
也许陶器里烹饪过野兽
也许是陶器无法忍受不死

不死的孤独,自己
摔破自己

我看着破碎的陶器

我也摔破了我

把碎片粘合起来
还是那件陶器吗

2014-5-30

发 现

把自己沿着抛物线抛出去
发现自己不是一只鸟

把自己沿着抛物线抛进水里
发现自己不是一条鱼

把自己当作小石子抛到天空
发现自己竟是蒲公英

一只小狗跳跃而起
撕咬自己跳动的影子

2014-5-30

在我的身体进进出出

鸟雀叫。胃突然醒来
胃里蠕动一只布谷鸟
是麦子
成熟的味道。

敲击我身体的木板。
敲击蔓延的楼梯
不断盘旋而升
的铁栅栏。

开门的声音。关门的声音。
脚步摩擦地板。
床的摇晃。整个楼房的摇晃。

有人悄声细语。有乌龟慢慢爬行。
有一朵花败了,花瓣悠悠飘落。

2014-6-1

化 石

我的右腿麻了
一只雄野鸡大叫一声

我的左腿麻了
一只金丝雀死后的歌唱

血液在腿里燃烧
一群麻雀叽叽喳喳救火
躯体炸响一只只鞭炮

眼睛里火山喷射岩浆
火山灰在数千米的高空
变幻蘑菇云的颜色

我的头颅沉淀成一块石头。

2014-6-1

疯　狗

我在旷野朗诵一首诗
有一只鸟落在我肩头
有一朵花开得更美丽

一棵树皱起了眉头
问这是吹的什么风
我站在树下　放开歌喉

不知道哪里来了一条狗
上来就对我狂吠、猛扑

2014-6-1

池 塘

一弯池塘。一池塘的碧水
一池塘碧水荷花白嫩
一池塘荷叶连连,荷叶下的青蛙
一池塘青蛙的叫声流水声
一池塘青蛙叫声的月光
一池塘月光,月光荡漾微风
一池塘黑色淤泥
一池塘从淤泥中抽出的莲藕
一池塘莲藕一样的白骨
一池塘月光下莲藕变白骨
一池塘月光下白骨在吟唱
一池塘月光下白骨变幻图案
一池塘白骨粉末
向天上
飘去雪花

2014-6-2

蝉 蜕

我一生经历了50个夏日
体内积满夏日蝉鸣
这个早晨我在超市
面对冰柜里如此众多
的幼蝉尸骸
我抑制不住蝉的吼叫
我呕吐出数亿只蝉翼飞翔
挤满超市里浑浊的空气
人脸上都是饕餮的表情
都想食我的肉
饮我的血

2014-6-2

读西尔维娅·普拉斯

而这一回又一次那只老鹰啄走我的一只眼睛
我怀抱这个女人
　　　　　　幻化而成的一本书
　　燃烧的痛苦
在空气中弥漫
我舔舐着她肉体的一行又一行伤口
躺在解剖室的解剖台上
她的体内释放出秃鼻鸦、黑鸦、伯劳鸟、蜘蛛
　　十一只猫、母猪、青蛙、猫头鹰
　　夜鹰、蓝色鼹鼠、野鸡和群蜂
这个高烧103华氏度的女人
患了失忆症
化妆成美杜莎
让所有阅读她的人沉淀成石头
她浑身散发罂粟的气味
享受着卵石滩边的一次又一次自杀
而这一回又一次那只老鹰啄走我的另一只眼睛
西尔维娅·普拉斯放火烧毁我
的温泉疗养地

2014-6-3

路　边

路边　　橡皮绳捆了好多小孩
　　　　不停地弹蹦
路边　　一条白色鹿狗
　　　　牵着一双红色高跟鞋
　　　　高跟鞋里站着一个
　　　　浓妆艳抹的女人
路边　　一个醉汉躺在一堆呕吐物里
　　　　手里的手机丁零零地响
路边　　一个婴儿对着一棵槐树撒尿
　　　　他的妈妈正对着他拍照
路边　　一个驼背的拾荒人
　　　　坐在他的皇帝宝座
　　　　垃圾堆里妻妾成群
路边　　挂满烤焦的野兔
　　　　风中挥动自己的长耳朵
路边　　野草舔着夕阳
　　　　夕阳里有一朵焚烧的我

2014-6-5

早上 8:00

早上 8:00　我长长呼出一口浊气
　　　　　一条菜花蛇落在地板上
　　　　　她举头看看我
　　　　　不停地伸出蛇信子
　　　　　然后滑走
　　　　　不见了

早上 8:00　我的嘴里伸出一只小脚
　　　　　可以断定不是古代女人
　　　　　的三寸金莲，也不是
　　　　　某个熊宝宝的脚掌
　　　　　可以断定是一只新生婴儿
　　　　　的嫩脚，不停地空中踢蹬

早上 8:00　我开始臆想　不断地臆想
　　　　　从我臆想的身体里面
　　　　　我提炼出许多不知名的鸟叫声

　　　　　　　　　2014-6-6

来自星星的你

我的妻子拄着拐杖
来看我，我们一起去捡拾
布谷鸟的叫声和羽毛
夜深人静的空气中
弥漫着一阵阵的麦子香
这些隐身在麦穗里的白胖婴儿
宛如隐身在精神病院的西尔维娅·普拉斯
一次一次整容，脸上缠裹厚厚的医药纱布
裸露的上半身日益老化，皱纹密布
下半身总是被人偷走，那个戴着眼镜
剃着光头的身体壮硕的医生
浑身上下　不怀好意
淫邪的目光　盯着看我下陷的屁股山
医院里到处都是废弃的人体模型
月光大喊大叫地在树枝上跳跃
我的妻子扔掉拐棍
奔跑起来　在加速度的奔跑里
她的轻飘飘的肢体长出羽毛
胳膊扇动成翅膀
她飞了起来

留给我的
是她
布谷
布谷
布谷
的
叫

有人告诉我　我的妻子乘坐宇宙飞船移民火星了
我还是觉得自己有病

2014-6-7

小羊羔之死

冥想时我来到安第斯山脉
在海拔 4600 米的寒夜里
一只小羊羔被冻僵
太阳升起来　它却站不起来
躺在地上　小羊羔睁着眼睛　喘着粗气
羊群的眼睛们望着它为它鼓劲
它的母亲舔舔它的小脸然后抬起自己悲情的脸
其他的羊开始离开　它的母亲一声声喊它
她等待　还是等待　等待她的宝孩子站起来
它若再不站起来她就得必须离开
她得与羊群待在一起才能活下来
她离开后又返回来　嗅嗅她的宝孩子
嗅嗅她的宝孩子是不是已经醒过来
她的孩子似乎没气了她不得不离开
去追赶羊群的队伍

一只跟踪好久的美洲狮突然跳出来
它叼起小羊羔把它拖到隐秘的灌木丛
如饥似渴　吧嗒着嘴巴　美美地享受
（我想从美洲狮的嘴巴里把小羊羔夺走

存到我的银行账户　可是我不敢
我害怕美洲狮咬断我的脖子）
天空中盘旋了一层又一层的秃鹫
秃鹫们早已发现了美味的羊羔肉
有一只豺狼跟着秃鹫确定了美洲狮
埋藏食物的隐秘处　她挖出羊羔肉
贪婪地吞食　她还有五只小狼要养活
（我想赶走豺狼　把小羊羔存在我的银行账户
可是我不敢　害怕豺狼咬断我的大腿骨）
一只秃鹫落下来　更多的秃鹫落下来
豺狼被赶走　它们开始撕扯、啄食
（我能不能赶走它们？它们会不会袭击我？）
更多的秃鹫从远方飞来　眼睛发红
弯弯的喙更锋利　爪子如利剑
我的大脑被猛击一下　从冥想中醒来
发现小羊羔消失不见了　多么干净！

2014-6-8

蜂 巢

我的大脑里
住进一只蜂后
她磅礴的繁殖力
如吹大的气球
越来越多的蜜蜂
飞出我的眼睛
飞出我的嘴巴
飞出我的耳朵
飞出我的鼻子
小蜜蜂们从遥远的地方
搬回一朵一朵的鲜花和蜂蜜
蜂巢越来越大

你会看见我
行走在路上
我的头
是一颗大大的蜂巢
正有数万只蜜蜂
在上面蠕动

2014-6-9

猫的进化

如此这般流浪猫愈来愈多
天色渐黑它们集聚一起
在公园里弹钢琴吹长号
它们比赛唱歌比赛舞蹈

天空飘来很多透明的发光瓶子
瓶子里都装有一只小猫在翻跃
它们是来自外太空的外星猫吗
它们会与地球猫进行一场战争吗

心念一动　人们制造出更加智能的机器猫
机器猫会飞　能潜水　可以在火中焚烧
机器猫好斗勇猛　永远不死

2014-6-10

十一楼

乘坐电梯
倏忽恍惚
已到十一楼的高度
打开房门
阴凉习习
两盆滴水观音

*

不敢把头伸到窗外
眩晕
甚至不敢
靠近窗户
眩晕

我一次又一次把自己扔下楼去
掉在楼下的自己
站起来
拍拍身上的尘土
化作一只苍蝇或蚊子
返回十一楼这个房间的

这个恐高症患者的身体

　　　　　　＊

高处不胜寒
躺在十一楼这块地板上
大风撕扯我的四肢
一只乌鸦盘旋
在我的两眼之间

　　　　　　＊

伸手可以摘下一颗星星
伸手可以触摸白云嘴唇
伸手可以攥住一把远处高烟筒冒出的青烟
伸手可以握住电视塔的避雷针尖尖
伸开手掌
有一只小鸟就会在上面垒巢

　　　　　　＊

火车通过时
我手里的书在晃动
我坐的沙发在晃动
天花板上的灯在晃动
墙上挂的钟表在晃动

　　　　　　＊

十一楼的房间里住着两个老人

他们太阳落下去之后上床睡觉
彼此模仿对方的呼噜声
在月光的照耀里他们显得年轻
太阳升起时他们睁开眼睛
互相数对方脸上的皱纹
他们然后起床
然后那盆茉莉花开始开放

2014-6-13

反效果

骑车的人
骑在又宽又广的道路上

骑车的人
念头里出现一颗小石子
果然发现一颗小石子
躺在道路上

盯着小石子
小石子越变越大
骑车的人
要避开小石子
恰恰偏偏撞在小石子上

道路多么宽广

2014-6-14

两只依偎的麻雀

下雨的时候
两只麻雀看见我
看见我打着一把雨伞
我看见路边的金针花
有的开败了
有的正完全打开自己的金黄色
有的还半开着
有的只是花蕾
我弯腰摘花的时候
雨点打进我的脖子
两只麻雀从花丛里跳出来
飞走了

2014-6-19

光

强烈的光照着我
我醒了吗
刺眼的光照着我
我在做梦吗
那光不是月光
我看见你站在那里
你站在光里
我看不见你的脸
你站在光里
我的周围的夜在震荡
你要接我走吗

2014-6-20

6月19日纪事

我扶你走在雨中
身后的楼房仍然有很多无人居住
坐在门口的一个老头
怀里抱着一只老猫
猫的胡须又灰又白

我和你站在雨中老着
欣赏远处墓地周围的松柏
我们数着树上的花喜鹊
我说是五只
你说是六只

2014-6-20

在迎泽公园与颗颗一起看两栖动物

龟与蛇

玳瑁玳瑁　颗颗喊着
我看见两只大海龟在浅浅的水池子里
一动不动　宛如死了一样
颗颗说怎么会有两只呢
我抱起她　让她看见池墙挡住的那一只

颗颗拉着我的手　边走边给我介绍
这是黄金蟒　这是眼镜蛇
这是菜花蛇　这是一个蛇窝
这个玻璃房的上面贴着：与蛇同住
颗颗问我你敢进去与那么多蛇待在一起吗

我们看见一条蛇蜕了皮
我们看见一只变色龙张着嘴
我们看见所有的蛇与龟
全都 一动不动　宛如死了一样
宛如被制作成美丽的标本

在长寿蛇的玻璃笼里
被扔进去许多乱七八糟的人民币
颗颗问我　能长寿吗

海　豹

水池子里关着三只海豹
颗颗说一只是妈妈两只是孩子
那只妈妈躺在这边的水下面不理人
有只小海豹躲在那边的水洞里
还有一只小海豹　睁着孩子的大眼睛看我们
然后它游到水洞里
再从水洞里游出来
游到我们跟前翻一个身
宛如鲤鱼打滚　动作优美动人
好像专门在为我们表演
我越看越觉得它像一个淘气的孩子
它被关在水池子的房间里
或许是讨好我想让我放它出来
我的心里被它挖得空空的
掉进自己的无底深渊

我从身上摘除了一只又一只海豹眼睛
可是海豹那宛如婴儿般的眼睛
还是一只接一只地在我身上猛长

鳄　鱼

那个年轻的家伙拿着一根木棍
木棍敲打着鳄鱼的头和身
我和颗颗站在铁篱笆的外面
鳄鱼们挤作一堆　在墙角
被敲打的鳄鱼很愤怒
总要张嘴抓咬敲它的棍子
或者赶快躲避
敲打鳄鱼的人边敲打边对我们说
鳄鱼是冷血动物
有一只鳄鱼被敲打得撒尿了
又有一只也尿了
还有一只也尿了
鳄鱼们被敲打之后似乎都尿了

颗颗问鳄鱼被敲打时为什么不躲在水池里
颗颗说妈妈看见这些被敲打的鳄鱼肯定会尿裤子
我告诉颗颗说天黑了水池里的水太凉

出口处的宣传栏里说鳄鱼是2亿年的动物
它们目睹了恐龙灭绝
也目睹了人类诞生
它们不曾料想被人类用棍子敲打头颅
坚固的皮被剥下制成腰带和皮鞋

它们的肉在路边被烤食

颗颗说哎呀我又尿裤子了

2014-6-26

蜜　蜂

你的身体流出钙
你的身体流出枣
你的身体流出铁
你的身体流出盐

太阳照着你
你的枝叶更舒展
微风吹着你
你的翅膀如月光

你落在我的手上
蜇了我一口
啊　你的身体流出了蜜

2014-6-27

听 雨

听见了吗
夜雨降落寂寞
凌晨三点
水汽飘进窗户

水汽包裹着我在床上赤身卧睡的梦

我在一片沙漠的前世里
是一只追赶白云的蜥蜴
白云隐藏一只耳朵

寂灭。无边的寂灭。

2014-6-29

纪念一只鸟

雨后清晨鸟的叫声更加清亮
可我不知道那是一只什么鸟
不是麻雀的叽叽喳喳
不是灰喜鹊的呱呱呱
不是鸽子的咕咕咕
也不是布谷鸟的布谷
可是它让我想起一只鸟
一只我曾经喂养过的金丝雀
浑身金黄　身材姣美
叫声宛如纯粹的钢琴
它那回头看我的眼神
……
然后它突然感冒死了
我都不知道它什么时候死的
在它的灵魂离开肉体时我没有看见
我只能把它埋在一棵梧桐树下
我知道它在梧桐树下的泥土里将变成一粒种子
今天这粒种子突然在我体内爆炸
开始生根发芽长大
长成一株微风吹拂的芦苇

在清澈的水面上舞蹈
倒映在水里的月亮是我额眉间的眼睛

2014-6-29

X

有个东西落在我的脊背上
我看不见它
也不知道它是什么
或者是一只苍蝇
或者是一只蚊子
或者是一只蚂蚁
或者是一只蛀虫
谁知道呀
它在我的脊背上蠕动
使我感觉到刺痛和痒
我想赶走它
可我的手偏偏够不上
那痒那刺痛如涟漪向四面八方扩散
我用心地感觉它
竟开始感觉到一种快感
真希望这种快感持续下去
然而它却消失了
这种现象就叫 X 吧

2014-6-30

无题二首

1

路边的树开花了
行色匆匆的人们
没有看见
蜜蜂看见了

2

对于疯子来说
垃圾就是好东西
我们不是疯子
我们制造垃圾

2014-6-30

窃窃私语

搞不清是谁在说话
搞不清他们说什么
无法想象他们的言说方式
窃窃私语
是佛国普度众生的咒语
是 MH370 航班的乘客和机组人员
是非洲峡谷的一群黑猩猩
是青海湖鸟岛上的鹈鹕
是峨眉山上月亮里喝酒的李白
是茅草屋里与妻子话别的杜甫
窃窃私语　耳朵里灌满海水
海水倒流成河
河水流回雪山上的冰川

2014-7-1

看月亮

三分之一的月亮
宛如一把镰刀
悬挂在夜空

还有三分之二的月亮
你看不见
你看不见不等于不存在

你看见了也不等于就存在
比如那颗星星
你看到的只是数亿年前
它传到地球上的光

你看见的也许就是幻象
你没看见的　风起云涌

2014-7-3

相遇一棵古柏树，粉碎后聚合

走在路上我
看见前面一棵古树
这是唐朝时一个和尚栽的
它的树皮已经完全脱落
赤裸裸的白色身干直往天空延伸
当然它的根肯定扎得很深
只是我看不见土地的深处
它的周围或许建有一座寺庙
而且我似乎嗅到檀香的燃烧
我向这棵柏树越走越近
感觉到自己的身体开始汽化
开始分崩离析
我如雾的躯体被它撞得粉碎
纷飞的颗粒通过古柏树之后
再次聚合，再次凝聚成我自己
我的体内有多少是柏树的颗粒
不能不说是这棵柏树长出多少年前的我
我那时正是一个和尚吗

2014-7-10

两棵恋爱的树

天色渐渐暗淡时四周都是树
都是四处走动的树
风在树和树之间,低语
蚊子一团一团,在雨后的空气,互相追逐
我的手和你的手在黑暗中触到一起
夜色更浓
两棵身体彼此渗透
喷薄的情欲,搂抱在一起
一棵身体进入另一个身体时
蚊子在歌唱

天亮时我和你共用的眼睛
轮流看见两棵树
它们慢镜头地离开对方的身体

2014-7-11

宛如被敲头的鱼

如果推开这扇门
这个空荡荡的旧房屋
就会自动出现无数条白花花的腿
这些堆积如山的令人眼花缭乱的腿啊
哪一条是你的？我不断翻找
宛如翻阅一本神秘的书卷
总是在我快要找到的时候
我的后脑勺被钝器敲击
每次敲击之后我都昏死过去
然后我幸运地苏醒
又继续在更加乱七八糟的腿里翻找
这些纷乱的腿啊
为什么总在你昏死时到处走动？
如果不推开这扇门
我就不会发现那么多腿
这个旧房屋肯定还是空荡荡的
可是我这样想的时候后脑勺又被敲击
我再一次昏死
宛如被敲头的鱼

2014-7-11

观 云

傍晚时分，我正在观云
我看见一朵硕大的蘑菇
（是广岛上空的原子弹吗）
我看见一朵盛开的莲花
（是佛祖冥坐的那一朵？）
我看见巍峨的高山陡立而起
（似乎有一个小小的人影在攀登）
我看见蔚蓝的大海白浪滚滚
（好像有一只水母在漂浮）
我觉得自己仍然在观云
我看见蘑菇变成巨龟　莲花变成蝴蝶
我看见原子弹变成蚂蚁　佛祖变成犀鸟
我看见人影变成一株榆树　水母变成我的头颅
我看见我如云的头颅渐渐被黑暗吞噬
圆圆的月亮升起时我已经找不见我自己

2014-7-15

高 温

摄氏38度。我看见一个空玻璃杯
我想把这个杯子注满水
于是里面果然注满了水
现在我可以确定水是圆形的吗

我只能寂静下来才能看见
看见一个玻璃杯
一个装满水的玻璃杯
水中的浑浊静静沉淀

摄氏38度。小狗都在吐舌头
它一会儿四脚朝天仰躺在凉爽的瓷砖地板上
一会儿抱着它的小狗玩具躺在玩具的腰上
我大声喊它　它睁开眼看看　就装作没有听见

我在玻璃杯里的水中打捞起几声鸟鸣
然后有一朵火焰在水里开放
我昏昏沉沉　火焰一直在水中跳动
有人在我的外面说话　宛如空调变换的凉风

在梦中我过去早已被拆毁的旧房屋里
我等待女儿打来电话
玻璃杯自动破碎后　水流往四面八方
我难以对水的形状命名

2014-7-18

寂　静

我要进入寂静的中心。在黑暗的最深处
蛐蛐此起彼伏，一列幽长的火车
开进我耳朵的隧道，与一辆满载甲烷的汽车遭遇，相撞，
　爆炸
地球向一颗神秘的星球飞去
我肚子里的沙滩上，一只缥渺的大海龟
爬行，仰头，喊叫。在寂静的中心
点燃那堆焰火的是我骨头里的鳞屑。

2014-8-21

看 云

我吸着那些白云
云的颜色纷纷渐渐幻变
我吐出的云碧青碧青,瓦蓝瓦蓝,红彤彤,银灰灰
天边的云色泽愈来愈暗淡

黑暗深处一犬吠叫
对着一朵透明的云
骑马的那朵云

子宫里那朵云似乎要睁开睡眼

2014-8-25

消 失

一道闪电,在我头顶
炸开,把我的头颅
劈成两半,把我的身躯
从中分开,意念的肉体
纷纷,纷纷,纷纷
解体的碎片飞往
宇宙之外

一古代和尚来到我面前
求我布施
我从胸前割下一块幻觉的肉
递给他,他立刻化作一只老虎
跑进深山密林

我追踪老虎的踪迹
踩着它森林里大雪覆盖的脚印
一脚踏空,向雪下深度坠落
我一边坠落一边飞升
抬头看见自己行走在树梢上

那堆衣服
裹着一股滴水的风

2014-9-4

墓 穴

掀开那块尘封的布后
两只花豹的标本
突然活了。母亲的背影对着我。
似乎传来哭泣。

两只花豹从墙上跳下来
扭动它们的头,伸展它们的腰,甩动它们的尾。
我听见它们骨头嘎吱嘎吱响。
母亲背对着我,我喊她,不理我。

这里是母亲的墓穴,两只花豹的守护。
我湿淋淋的心,母亲花白的头发。

河面上,阴历八月的圆月亮正在升起……

2014-9-5

被修剪的自然

外面电锯噪音响彻云霄
绿色叶子,绿色枝杈,绿色鲜血
盆里乌龟惊恐不安、心烦意乱
晃动的水反光在天花板
宛如不断被重击的脑震荡
我在躺椅上阅读雷蒙德·卡佛的诗
耳朵生疼,真想跟他一起醉酒
然后躺在一块岩石上
"云中的一丝裂缝。山脉
青色的轮廓。
田野的深黄。
黑暗的河流。"我朗诵着。
"我在这里做什么?"我大声朗诵着。

2014-9-5

巫山云雨

今天我哪里也不去，就呆呆地
待在家里，等雨，当然也等你
果然等到外面雨声大作，还有
野鸽子，看不见的叫声，雨点
宛如星外来的巫女，噼噼啪啪
来到地球这颗星球，化作亿万
物种，净化我们的肉体山河
你听见那雨声的密语了吗
你看见那雨点的精魂了吗
雨点敲打着树叶敲打着
路面上的尘土敲打着
一匹匹奔跑的机器怪兽敲打着
坟地里的一根根白骨敲打着
美人，我闻见你身体里的野草
就要发芽了

2014-9-7

夜 行

在长途公共汽车上,我和你
如两朵火,两朵亲嘴的火
两条蛇,两条蛇互相缠着对方的身子
扭动着,蠕动着,颤栗着,喘息着
情欲膨胀着情欲,宛如下一秒
汽车爆裂燃烧

返回原始洞穴
周围睡觉的骨头即将苏醒

2014-9-7

雨中观花

我让另一个女人在你身上复活
啊，美丽的月季花，雨中的月季花
粉红，艳红，金黄，米黄，橘红，紫红
花蕊里盛满雨水，花瓣上挂着雨珠
多少年了，你年年绽放，年年凋零
一条条美人鱼在你身上死去
而我也将死去
而你仍将盛开

风抓走我的伞
我两条老腿插进泥土
拔不出来

还好，两只灰喜鹊栖落在我的肩头

2014-9-7

蜗牛之死

今年雨水多
下雨时
不知道哪里出来
那么多
蜗牛
到处爬行
有的爬上了树
有的爬上了花
有的爬上石头
有的爬上假山
有的爬行过马路
路上行人匆匆
车辆匆匆
行人踩死蜗牛
车辆轧碎蜗牛
处处听到
噗嗤噗嗤
破碎声
我每次放下脚时
都好小心

可是总还有
被我
踩死的

2014-9-11

梦中,两个小孩

我妻子捡到两个小孩
一个是红色,一个是灰色
他们躺在深深的摇篮里
躲在我家地窖死活不出来

我看他们时他们大哭起来
他们在水里打滚,浑身上下满是泥水
我妻子斥骂我,还用眼睛剜我
然后换成慈祥的面孔给他们喂奶

我进不了卧室,他们占领了我的床
我被赶到沙发上,阿然狂叫起来
这只比狼还大的宠物狗
踢着我的屁股,把我赶到梦之外

2014-9-14

阿拉伯豹

半夜，我从你的身体里醒来
一朵野蔷薇开始绽开
两只蜗牛开始相亲相爱
两只连体的蜻蜓从恐龙时代
一起飞行，飞到现在
小花豹，我的小花豹
阿拉伯的小花豹
滋生繁多，遍及荒野

注：据报道说，阿拉伯豹还剩200头。

2014-9-15

他又犯病了

老婆　他又犯病了
他犯病是因为读了一则网络新闻
新闻配有图片
图片内容是——
一只鸟死了
又一只鸟死了
又一只鸟死了
又一只鸟死了
又一只鸟死了
又一只鸟死了
又一只鸟死了
逾万只珍禽，鸟的种类各个不同
共同的特征是死在查汉淖尔湖边五颜六色的淤泥里
新闻背景是内蒙古的鄂尔多斯和阿拉善
新闻内容是这两个地方都有工业园区
把污水直接排放进沙漠和水草
有的地方还抽空了地下水
他犯病后一直对人讲自己不干净
一直对人讲他的大脑空了被抽空了
糟糕的是他犯病之后迅速传染

好多病友也跟着犯病
他们举行集体罢饭抗议，甚至都不饮水
医生们进行了紧急救治，而且
请来环保部门的领导和员工
还有一些很专的专家
他们都拿自己的人格对天起誓
说排出的水绝对达标，是可以直接饮用的
鸟们之死的原因肯定另有原因，检测表明
它们死于某种神秘的疾病——禽霍乱
让大家安心吃饭，放心喝水
配合治疗，别让家人担惊受怕
老婆　我表现不错
医院领导大肆表扬了我
我说我就不相信谣言
而且呢，我还规劝我的很多病友
不要相信谣言

       2014-9-20

黑暗中

黑暗中有人在数数
我朝黑暗里伸进一只手
黑暗中到底有几只晃动的手
晃动的手在触摸,触摸不到
另一只晃动的手在黑暗中
我对着黑暗里喊:有人吗
黑暗中没人回应我的喊叫
于是我想到一个词语:虚无
我刚一想到虚无,就有一只
从黑暗中伸过来的手,对准我的脸
左右开弓,一边一巴掌
"啪啪"两声巨响
看见没,我脸上的巴掌印?

2014-10-5

秋天，空气明净

秋天，空气明净
一只灰色蚂蚱在跳蹦
两只麻雀同时飞到树梢上
一只戴胜落在草丛
我观察它骄傲的花冠
我观察它华丽的羽翼
我观察它长长的喙敲打地面
几个少女围成一圈在唱歌
戴胜鸟没有关注她们的歌声
也没有关注我对它的观察
它捉住一只黑色昆虫
秋天，空气明净
几个少女在歌唱
歌声飞进天上白云
白云变成一个老头
那个老头是我
是一棵身上抖落树叶的柿子树
空气明净的秋天
抬头观望

一行白鹭飞翔
在高高的蓝天的悠远和幽静

2014-10-25

诗　意

越聚越浓　越聚越凝重
那团诗意　隐秘在体内某处
哪怕一滴露水　一根羽毛　一片树叶
都能点燃　引爆　轰的一声
周围被照亮　群鸟在叫
扑棱棱飞翔　群鱼摆尾
海水清澈明净　水草摇晃如少女秀发
一棵大树片片树叶好似鱼鳞闪耀
哦　在自己的身体里游来游去
大声高唱：地球，你好！

　　　　　　　　　　　2014-11-7

家乡的柿子树

家乡的柿子树在秋天挂满
倒悬的小猴子
只要白云蓝天
小猴子们便在树枝间乱窜
如果你也攀上了树
肯定把它们抓不到手

夜里
柿子树叶一片　一片
燃烧　燃烧起来
把沉睡在坟墓里
乡亲们的面庞
照得红彤彤

婴儿梦呓中
啼哭
星星眨眼笑
宛如一头喝醉酒的
猫头鹰

你整日整夜野地里转悠
想找到童年跑丢的一只鞋
那些活蹦乱跳的黄鼠
早已绝迹
那些冒烟的高烟筒
仍在冒烟

家乡——哦——家乡
柿子树——哦——柿子树

2014-11-8

钥匙忘在家里

关门以后
听到家里有一只麻雀
我要把它赶出去
钥匙却忘在家里
我按门铃我敲门
我叫麻雀麻雀你开门
麻雀不理人
在我家里自由飞翔
叫声一会儿这里　一会儿那里
我使劲踢门
听见又有一只麻雀
它们窃窃私语　情意绵绵
它们谈婚论嫁　生儿育女

2014-11-11

秋 日

我喜欢这样的阳光
阳光裹着秋风
秋风拍打梧桐树叶哗哗响
也拍打杨树树叶哗哗响
树叶一卷一卷滚动
滚来滚去
一朵粉色的月季在深秋
突然开花了

     2014-11-13

快要成熟的小苹果

我咬着食指指头深深地望着你
你是一颗快要成熟的小苹果
为什么还不掉下来

绘画教师说
画家画它时
就没掉下来

我把这棵苹果树颠倒过来
使劲摇晃

2014-11-13

雄袋鼠

最近身体增加了新毛病
原来尿频
现在尿不出
躺在医院病床上
走来戴着口罩的漂亮护士
她美丽灵巧的手
拨弄着我曾经年轻雄壮的男根
一会会儿功夫
她就插进去一根长长的
塑料导尿管
我痛苦、难受
昏睡过去

在澳大利亚广阔的平原
我的四周有许多雌袋鼠在发情地跳蹦
嗅到她们燥烘烘的体液
我一会儿追赶这一只
一会儿追赶那一只

2014-11-14

天亮时

天亮时我发现自己躺在一块野地
不知谁为我搭的蚊帐
两边躺着两座坟
我身上全是爬行的瓢虫

天亮时我发现自己站在一片水域
周围长着高高的芦苇
我听见另一只仙鹤的叫声
却不知它躲在哪里
雾越起越大

天亮时我一睁开眼睛就
看见一只老虎
它是世界上最后一只老虎
它虎视眈眈看着我
满肚子都是饥饿的声音

天亮时有个美丽的女孩在哭
边哭边焚烧一本书

我就夹在这本书里
书灰里飞出好多只蝴蝶

2014-11-14

与妻书

围着妻子送我的红围脖
到闻喜火车站接她
妻子在外地打工
半个月甚至
一个月才回一次家
这个冬天将至的早晨
妻子拖着一条病腿
从车站出口走出
带给我
一大片光亮
暖暖的

2014-11-14

供 暖

早晨天阴　学生们趴在书桌上睡觉
天空压住他们的头　也压住他们的心
地上有雨水坑　这场雨水之后
冬天拉开大幕
挖的天然气管道还未掩埋
今天本是送暖气的日子
却无法供暖
家里每个房间又凉又冷
令人心情沮丧
好在抬头看见两只喜鹊
正在飞过头顶
一只嘴里衔着一片树叶
一只嘴里叼着一根树枝
它们肯定是要筑巢
一个温暖而又简单的小窝

我为人类这种高度文明的高等动物感到极度
脸红
脸红又惶恐
诚惶诚恐

2014-11-15

诗人抑郁症

不知不觉手指甲又长长了
手指甲长长时头皮老是痒
头皮痒时手指甲控制不住地去挠
越挠头发越白

躺在床上向日葵的被子里
周围是噼噼啪啪的冷空气
摆在床头的书哗哗地翻着树叶
有一股忧郁的风喜欢读书
一会读读这本
一会翻翻那本
然后打瞌睡、做梦
梦里有时与男诗人对酒
有时与女诗人
偷偷摸摸地
肌肤相亲

糊里糊涂　头皮屑到处飞扬
外面的天气为什么那么冷
预报说有雨夹雪

没有听到鸟的叫声

想不明白今年的冬天
是以雾霾漫天席卷
开始
焚烧垃圾
火光冲天
舌尖上挺立着勃勃生机的二恶英

我突然有了诗人的豪情

2014-11-22

野猪伤人事件

2014年11月21日下午三时许
在合肥市经济开发区
天堂路和合欢树路的交叉路口
一头莫名其妙的野猪（300多斤）竟然
光天化日地横穿马路
车辆奔驰而过　差点导致堵车

被发现的野猪立即受惊
连续撞翻四名正在绿化的工人
其中两名被撕咬受伤（目前已送往医院救治）

为了保卫人民的生命安全
民警即刻赶到现场
开车追赶，但遭野猪猛烈地撞车

疯狂的野猪宛如阶级敌人或者犯罪分子
逃窜到一家厂区
被困在一张铁丝网内
没几分钟，它又撕破铁丝网，继续疯狂逃窜
我特警队员持冲锋枪紧锣密鼓地追赶

下午四时许　在另一家工厂
民警连射八枪　成功将其击毙

记者调查后发现
被野猪撞伤的三位老人
浑身多处软组织受伤
衣服被撕咬得七零八碎
不过经过拍片
并无骨折

另外
据说有三人先后目睹野猪来袭
但无力逃走，浑身软绵绵
且每人出了一身无法对人言说的冷汗

2014-11-22

梦见乔鱼

梦见乔鱼时
乔鱼不知道
已经来到我梦里
迷了路
站在一棵无花果树下哭
一个女孩子的哭
总是引起过路行人的好奇
也引起无花果树上
几只灰喜鹊的好奇
灰喜鹊哇哇叫着
问乔鱼为什么哭
乔鱼只哭不答
哭得更厉害
越哭越好看
像美人鱼一样好看
乔鱼说出不去了
我说我也出不去
我也在这个梦里
要是我醒了你就能出去
可是我怎么也醒不来

乔鱼一直哭
我把乔鱼抱起来
让她踩在我肩膀
踩在我头上
翻过一堵墙
掉进墙那边的河水中

乔鱼沿河游去
越游越觉得自己是条鱼
鱼越游越轻松自在
大大的鱼眼睛
闪着梦幻般的光

2014-11-23

戴口罩的人

看见戴口罩的人
我心里咯噔一下
他或她
是不是病了?
嘴里有病菌
甚至是医学还没有确定的病菌
会传染很迅速的病菌
可能导致世界末日
我特别害怕
躲开他或她　远远地

也许戴口罩的人
比我更害怕
那正是他或她
戴口罩的原因

2014-11-25

住院记录

我咳嗽的时候需要一个女人
特别是深夜
深夜我寂寞难耐
孤独得宛如一只猿猴
我寂寞孤独咳嗽更加厉害
咳得我的身体颤抖得也更加厉害
那时我要能搂住一个女人的鱼身子
我想我就不颤抖了
不颤抖我也就不咳嗽了
可是你却给我一个光脊背
我也只好用我的光脊背
紧紧靠在你的光光滑滑暖暖和和上
我正享受与你的脊背相亲相爱的好时光
你竟然把脊背抽走了
我立刻变本加厉地咳嗽起来
我的手在黑暗中四处瞎摸
终于摸到你
我想看看我摸在你的什么地方
我就能止住咳嗽

护士说：你有病！

我说：废话，没病我住医院干什么？

护士说：你个挨刀的！

后来我真的挨了刀
不是那种化学阉割

    2014-12-4

井树静

想起一个女孩子
名叫井树静
井树静肯定出生在水井里
井里的水又甜又清凉
水井边有一棵老榆树
最高的树杈上筑着灰喜鹊的巢窝
井台上的石头很清静

现在井树静估计变成了黄脸婆
说话时嘴里也许散发一股消化不良的味道
那眼水井早已干枯
老榆树也被伐走
剩下的树墩上蹲着一只麻雀

那是一只蓝色的麻雀
我喊它井树静
它回头看看我
可我心里刚刚出现逮住它的念头
它就倒地死掉了

2014-12-4

南江亭

在南方
有一条江
在江边
有一个亭
亭里站着李白
李白抬抬头
看见一行白鹭
两朵白云

江水悠悠流

我假装坐在
这个早不存在的亭子里
看见江水很脏
在想南江亭
是不是工作在南方
是不是已经嫁人
嫁的男人是谁?

江水悠悠流

她也许已经怀孕
挺着大肚子
到处闲逛

江水悠悠流

2014-12-4

袜 子

梦里醒来之后
发现一堆堆积如山的袜子
我在堆积如山的袜子里
翻找我的那两只
找啊找啊
我的肚子都饿了
终于找到了
终于穿在我脚上
我又发现一堆堆积如山的鞋子
我在堆积如山的鞋子里
翻找我的那两只
找啊找啊
眼睛都找花了
终于找到了
终于穿在我脚上
可一整天过去了
天已经大黑
我又饿又累
倒头便睡
不知道谁在我睡着的时候

脱去我的鞋子
脱去我的袜子
脱去我的裤子
脱去我所有的衣服
在梦里
我只好赤裸裸的

  2014-12-18

捡鸟蛋

好友来看我
带着老婆和孩子
两个孩子
大的男孩
小的女孩
好友不待见男孩
他老婆就跟他闹别扭
后来他们吵起架来
男孩满脸忧愁
我拉住男孩的手
向屋外走去
心想把这小家伙收养了
他们就不吵架了
我带他到了田野
田野有很多鸟蛋
我们捡拾了好多鸟蛋
装在口袋里
在一个废弃的窑洞
我们看见三只鸟妈妈
因为丢了鸟蛋叽叽喳喳

我们把捡到的鸟蛋
全部放进她们的巢窝
她们立刻卧在上面
那时我看见小男孩的脸上
开出一朵花

2014-12-18

化 了

雪，化了
雪中飞鸟，化了
雪地上的狼，的脚印，化了
雪地上的月光，化了
我站在我身体的地方
我的身体在阳光中
堆成一个雪人

2015-1-30

风干的动物尸体

炮火连天　炮火连天　炮火连天
爆炸　爆炸　爆炸　爆炸　爆炸
加　　沙　　地　　带
人群逃离　逃离　逃离　逃离
动物们锁在动物园里的
铁栅栏里
没有食物　没有　没有食物
没有食物　没有　水水水
一只动物到底能被饿上多少天
水水水水水水水水　　水
一只动物到底能被渴过多少日
倒在地上　走不动了
走不动了　倒在地上
体内的水分被蒸发
干透了　变成一件件标本
风干的狮子　风干的鳄鱼
风干的狒狒　风干的老虎
风干的野猪　风干的刺猬
风干的天鹅　风干的鸵鸟

2015-2-3

一只金丝雀突然从我的一根肋骨飞走

昨夜又一次逃离自己的躯壳

来到大街上
车来车往
我东躲西藏
还是一次接一次
被撞倒
一辆连着一辆车
碾了过去

阳光照着一座孤坟
我睁开眼睛看见这是一片荒野地
玉米秆稀稀落落　东倒西歪
有的直立　有的斜站　有的躺倒
它们各自在风里唱歌
唱歌的还有厚厚的一层树叶
干枯的树叶边唱
边滚动

我在木头里睡着了

梦见一头月亮
跑到山顶

那月亮后来变成金丝雀的一只眼睛

2015-2-6

试 想

试想
你一睁开眼
看见窗外
一片无边的蓝蓝的湖
湖上有白天鹅
也有黑天鹅
白天鹅全身都白
只有喙是黑色
黑天鹅全身都黑
而喙是红色
它们有时分散开
有时聚在一块
长长秀美的脖颈
时而弯曲
潜在水里
时而高高举在天空
叫声从高处跌落
在水面溅起
一朵一朵绿色的火

它们静静地
待在湖水表面
身下的湖水
如交响乐般
流动

2015-2-17

杨水兰

杨水兰　女
六十七岁
昆明滇池边
住在两艘废弃的铁船里
捡拾矿泉水瓶
以及其他垃圾等等为生

某年某一天
某一只受伤的红嘴鸥
掉落在她家里
她用粗糙的手
帮助疗养治伤

后来
越来越多
受伤的
红嘴鸥
来到她家

2015-2-17

过 年

饺子包完
大约 8 点
春晚还没开演
已经有人放鞭炮
狗狗阿然对着窗外吠叫

电视屏幕上开始倒计时
好像全国人民一起数
九、八、七、六、五……
外面的鞭炮声越来越密集
睡觉的阿然突然惊醒

我在梦里
走到大街上
车挤着车　人拥着人
街道两边挂满
被剥掉皮的羊
羊头在地上滚动

被一声炮炸醒

更多的人燃放

更多的鞭炮

好像夜色被鞭炮炸掉

天色越来越亮

太多的人燃放太多的鞭炮

漫步在羊年的大街小巷

人人面戴一个防护口罩

2015-2-19

在撒哈拉沙漠

撒哈拉沙漠
温度高达 41 摄氏度
蜥蜴爬上了枯干的树
一只蜣螂
滚动着一生的口粮
一个粪球
圆圆的粪球
它要把粪球运到
一个潮湿的地方
半途中
粪球滚下沙丘
这只蜣螂也跟着
滚下沙丘
它一次次要把粪球
推到沙丘顶
一次次又滚到
沙丘的底部
当温度再次升高
这只蜣螂
展开了翅膀

2015-2-20

罗非鱼

夜色中
鳄鱼跳起来
溅起的水声
传播四野
罗非鱼宝宝们
赶快逃跑
它们要躲到哪里？

天亮时
它们游出
妈妈的嘴巴

2015-2-20

千里追凶

一光头游客
在昆明
海港大坝
逮住一只红嘴鸥
残忍地折断
它的翅膀
欲藏匿帽子里带走
被人发现
后逃匿
红嘴鸥伤势严重
不治身亡
公安民警
缜密调查
查明犯罪分子
是哈尔滨扈某
急追千里
将其逮捕归案

2015-2-21

深夜狗叫门

几个老太太
不回家过年
照看1300余头
流浪狗

这么多流浪狗
每天要吃多少馒头
每天要喝多少清水
老太太们
要清理多少狗垃圾
要听见多少狗吠

每条流浪狗都是一把尖刀
插在背弃者的心脏
深夜狗叫门
震破窗户和玻璃

有人心中生出一道闪电的杀机

有人胃里翻腾着吃狗肉的紫色火焰

2015-2-26

到南极结婚

这不是奇思妙想
这是世界上最最浪漫的爱情
跟我走吧
到南极去
那里你将更加玉洁冰清
我会捕获一只企鹅
跪在你面前　献给你
嫁给我吧
企鹅嘎嘎叫着
表示祝贺
啊，这就是我们的爱情
我们将在洁白的冰床上结合
并把我们结合的结晶——避孕套
深深地埋在冰洞
即使我们死了
即使人类灭绝了
那精子肯定还能存活

2015-2-28

他僵卧在床

他僵卧在床　面无表情
不愿睁开自己的眼
一只小狗把自己的脸孔
紧紧贴在他脸上

不愿睁开自己的眼
小狗的婴儿一般的
清澈好奇的眼睛
抚摸着他满是皱纹的额顶

小狗的婴儿一般的湿漉漉的舌头
舔着他的孤独寂寞的皱纹
梳理他凌乱的干枯头发
仿佛那里有一窝小鸟叽叽喳喳

一窝叽叽喳喳的小鸟
飞回自己的老窝
他不愿睁开眼睛
害怕它们飞走

睁开两只干涸的眼睛

他看见自己僵卧在床

嘴巴里插着氧气管子

房间无限扩大　他的喊声碰不到四堵墙

2013-3-14 初稿

2014-11-27 修改

养狗记

　　　　　1

路的对面
一只小狗
在嗅草

我对它喊
它向我奔跑
横穿马路
嗅到我跟前
幸亏没有车辆经过

它舔我的手
我走它跟着走

它身上有跳蚤
我还是喜欢它

　　2014-7-3

2

不知道你是一条什么狗
不知道你叫什么名字

你的眼睛很害羞
你的耳朵没长直

你在我们面前一直翻滚
妻子说你是多少年前
被医生拿掉的
我们的孩子

欢迎你回家
阿然　我们的亲亲儿子

　　　　　2014-7-4

3

打开电视　看动物世界
阿然瞧见一条鳄鱼
鳄鱼好像要从电视屏幕跳出来
阿然赶紧逃窜
躲在沙发后面

电视上奔腾着角马

站在河边抓鱼的棕熊
像巨山一样移动的象群
天空中翱翔的秃鹫
阿然慢慢爬行
向我靠近

在我右脚边
它头着地趴卧着

我的右脚挨它的地方　暖暖的

2014-7-4

4

阿然路遇一只蚂蚁
它前肢趴地
后肢弓起
小蚂蚁不理它

阿然把头贴在地上
悄悄向蚂蚁靠近
小蚂蚁扛着一片树叶

阿然两眼盯着蚂蚁
蚂蚁不理它
阿然大吼大叫

小蚂蚁还是不理它

阿然向蚂蚁扑过去
蚂蚁仍然不理它

阿然转身逃掉了

2014-7-5

5

太阳取下一颗头
递给我

阿然蹦跳着
追赶小皮球
小皮球红红的

太阳取下一张脸
递给我

虎皮兰又长出一棵新芽
红掌又开出一朵新花

我是一只空壳的猫叫的蝉
凉风吹过我的空壳

2014-7-6

6

把阿然放进水里
它一跃跳了出来
再把它放进去
按住它
它用两个前肢趴在盆沿上
温暖的水打湿它全身
浴洗液搓揉它的全身
盆里的水很快变成黑色
水面漂浮几只跳蚤

把阿然冲洗干净
用毛巾擦干它的皮毛
吹风机暖暖地吹
再用干爽的毛巾裹好它
它抖颤的身子在我怀里

与我一起睡着了
与我一起做梦
梦中它一定梦见我
我躺在它的怀里越变越小

越睡越沉　在狗的怀抱
后来它把我叫醒
让我坐在浴盆

搓洗我的头发
我宛如一个婴儿
阿然成了我的狗妈妈

2014-7-8

7

妻子穿着粉色的居家裙子
在家里走来走去
阿然总是跟在她的后面

妻子浇花的时候
阿然抬头观看
不知道是看花还是看妻子

妻子拖地板的时候
阿然咬住拖布使劲拽
它是帮忙拖地吗

妻子切菜的时候
阿然蹲在地上
仔细观察
似乎在等待开饭

阿然紧跟妻子的脚后跟
捕捉花蝴蝶

或者游猎小金鱼

2014-7-10

8

我在雪地里奔跑
身后跟着阿然

我是一只拖着长尾巴的北极狐,放着臭屁,边跑边回头
阿然奋力追赶,我看见它生出两叶翅膀

阿然越变越大,幻变成一头雄狮
我屁滚尿流,好比一个婴儿爬行

雪野,枯树,飘飞的毛发
雪球越滚越如地球的雪球

阿然舔我脚心里的黑洞
似乎进入另一场梦,如泡影

2014-7-12

9

阿然吃多喝多之后在家里到处大小便
我们决定让它少吃点

我们吃东西时它的头始终仰着眼睛盯着看
鼻子不放过任何从我们手里散发的食物香味
我们很残忍就是不给它吃
它等得实在没有了希望就全身平卧，假装不看我们咀嚼的嘴巴
也许它也会咽口水吧

晚上我跳舞回来它摇着尾巴向我靠近
我走到哪里它跟到哪里
我假装没有看见它
它开始咬我脚上的蓝袜
它甚至咬疼了蓝袜里包裹的我的肉
我呵斥它，它低头离开我
撕扯我的鞋子，撕扯它睡觉的纸箱
还津津有味地嚼着一小块

可怜的阿然小乖乖
对于任何生命来说，饥饿都是一种疼痛
它要不吃一点儿东西，肯定要折腾到天亮

2014-7-13

10

阿然在高高的草丛里隐秘爬行
在它停留的地方我们发现一只刺猬
刺猬团成一团，像一块用多了的抹布
阿然在它的周围嗅着鼻子

问题是我们天天从这里走过
为什么没有发现刺猬的存在
而且因为没有发现就认为这地方没有刺猬
如果你要告诉别人人家会以为你说笑话呢
可是阿然发现了它
然后阿然把它的觉察传染给我们
让我们也真的看见一只团成一团
躲避危险的像块被扔掉的废抹布的刺猬
我们才知道在这小小的花园
竟然真的有刺猬存在
如果刺猬存在,那么花园里肯定
还有其他我们没有发现的东西
它们一定等着我们觉察,等着我们发现
不过我们首先要有阿然一样的觉察力

与阿然一起散步
阿然还让我发现了如下一些东西:
半块干鱼头
一根枯骨(或许是人骨)
一只甲虫的尸体
一根我不认识的小草
当然还有小孩拉在路边的屎

当阿然抬头望着天空时
我不知道它又觉察了什么?

2014-7-14

11

阿然远远瞧见一只小猫仔
它想过去与它玩

我突然听见一声愤怒的猫叫
回头才发现是一只把自己变得很大的母猫

阿然试图靠近
猫妈妈继续警告，叫声瘆人

阿然退了回来，紧靠我的腿
我害怕猫妈妈攻击阿然，站着不动

我们彼此对立
猫妈妈还在吼叫　我用眼睛吼叫

我领着阿然转身走时看见
猫妈妈带着它的三个孩子
也离开了

高大的泡桐树目睹了这一切

2014-7-15

12

在舞场不断幻变的光色里　你
向我走来　向我走来　向我走来
你年轻貌美　身材苗条　如一根空竹碧翠
你断去一条腿　拄着一根拐棍　头发宛如柳垂
你向我走来在变幻莫测的光色乐曲里
你变胖的脸蛋上蝴蝶飞飞雨雪霏霏
眼角游动两条美人鱼的尾巴皱纹
你不停地走神　心神不宁　好比一座空城
向我靠近　向我伸出跳舞的两只手
心脏的地方有个空洞流出鲜血一样的音乐
你变矮的身躯摔倒在地
头发已经灰白　脸是画着两只眼睛的干皮
我向你奔去奔向不时摇晃的光影
你卧躺在地上连续不断地缩小缩小缩小
缩小成趴在地上打盹的阿然
恍兮惚兮

2014-7-16

13

阿然为什么喜欢草
不管什么草
三叶草，狗尾草，野芦苇
马齿，车前草，牵牛花

它总是嗅啊嗅啊
到底嗅到了什么
它甚至要咀嚼草叶

阿然喜欢在草丛穿行在草丛翻滚
喜欢把自己隐藏在草里
在我走来时突然一跃而起
我总是假装被吓了一跳
阿然还喜欢在草里小便或大便

阿然多么喜欢草啊
不知道为什么那些草突然一下都死了
枯黄得好像被泼了硫酸
有人告诉我是喷打的除草剂起了作用
我没法给阿然讲
为什么有人喜欢给草喷打除草剂

      2014-7-20

14

空气里弥漫着刺鼻的腐臭
阿然鼻子翘得老高
然后牵着我
一个劲地走
看见了！！！
灌木丛里

那只小刺猬
已经变成一具尸体
阿然再怎么对它吠叫
小刺猬也不反应
它怎么死了呢？
是谁害死了它？
是小孩们打死的吗
是除草剂毒死的吗
是高温热死的吗
我搞不明白
阿然更搞不明白

花园里每天都有生死
只是我们不知道罢了
即使知道，也不关心
我们关心的　就我们自己
而已

2014-7-20

15

给你讲讲雨夜照见刺猬的故事吧

小刺猬死后它解体的原子到处游荡
很多栖居在我的体内让我无限悲伤
宛如我与它一起死去

或者它与我一起活着

黑夜三点二十三分阿然唤醒沉睡的我
飞快地下楼我们行走在户外的雨地里
手电的光照着阿然
照着阿然跳过一个一个小池坑里的雨水
阿然穿过雨水编织的电影屏幕
我好像在观看电影又身在电影之中

屏幕上出现了湿漉漉的三叶草
阿然在三叶草丛里穿行嬉戏
突然阿然停下来　静止不动
我顺着它聚焦的目光望去
在一棵巨大的挂满星星雨滴的菩提树下
一只比阿然体形还大的刺猬
正用长长的尖鼻子拱着腐干的树叶
在树叶下搜寻昆虫的美味
它似乎没有觉察到我与阿然的存在

我不明白为什么生命如此幻化如此使我感动
我眼里流出的到底是泪水还是雨水？

阿然抬头看着正在哭泣的我

2014-7-24

16

血肉一团一团血肉
阿然嗅着这血腥的场面

那只雨夜觅食的刺猬
变成一团模糊的血肉
是横穿马路时
被飞驰的汽车辗烂的
鲜血喷洒出一个脆弱的图片
疼痛的躯体被揉拖了很远

刺猬的倒刺可以防止阿然的牙齿
也可以防止那些野猫的利爪
却不能抵挡一辆奔跑的汽车以及司机
冷漠的心

阿然嗅着刺猬的血想舔喝被我呵止
阿然嗅着正在死亡的刺猬被扯烂的痛苦
不会知道会有其他车辆向它辗来
什么时候它才能学会躲避
那些机器怪兽

2014-7-25

17

"把巴西龟放生了吧,"我和妻子商量。
"再养养吧!都养了四年多了!"妻子坚持着。
"这两年每到春天和秋天,季节变换时
它的眼病就犯了,给它一直抹眼药
却总也好不了,药膏漂浮在水面上。"
"再养几天吧!我想再养几天!"

2014年7月某一天,雨后,天气清凉
我与妻子还有阿然,带着巴西龟
来到吕庄水库,有许多人在钓鱼
我们找到一块僻静无人的地方
水里有鸟在潜水,在觅食,在嬉戏
我们把巴西龟放进水里,它向水的深处走去
阿然和我们一起一直盯着看它在水下慢慢爬行
远处的天空倒映在水中白云如此悠悠
巴西龟走到一片水草里,它站起身,回头
是跟我们告别吗
它又走了一会儿,再次站立,再次回头
真的是跟我们告别吗

阿然在水里嗅着,在乌龟下水的地方
看不见了,乌龟消失在水草丛中
我和妻子手拉手看见自己的倒影
倒映在清澈安宁的水面上

"大自然有神奇的力量
定能治愈巴西龟的眼病!"
我对妻子讲。

2014-7-28

18
一朵光

一朵光闪耀
照见阿然抬头

阿然抬头看见
一朵光暗淡

一朵光的明灭
我看见阿然抬头凝望

一朵光飘浮着
阿然跳起来,扑上去

我把自己的肉体扔在黑暗里
也跳了起来
宛如阿然一样

2014-7-28

19

我和妻子散步
在苗圃基地公园
看见一大片一大片幼小的白皮松
宛如栖落在大地上的一群群白鸽
如果对它们大喊,它们肯定会哗啦啦
飞走。我们还看见一大片一大片的雪松
可是它们身上并没有白雪
倒是酷似一个个打坐冥想的寺塔。
那些叫新疆杨的确让我们感觉
身在广阔无边的大新疆
它们的瘦长骏马的腿
可以纵横驰骋。
在一条幽闭的小径
两旁铺展开密密的国槐
阿然跟在后面嗅来嗅去
这些美丽健康的国槐树
好比青春四射的少男少女
他们和她们隔着一条河对唱山歌
我和妻子侧耳倾听,想听懂它们的密语。
阿然却突然停下来,似乎发现什么
然后惊慌地返身向后面跑去
我们返回阿然驻足的地方
听见一些卿卿叽叽的叫声
或者是小狗还是小猫

我们低头，弯腰，透过树枝树叶的缝隙
发现一个青岛啤酒的空纸箱
声音就是那里面发出来的。
我钻进林子，看见纸箱里有5只小狗
挤作一堆，恐惧惊恐，似乎已经奄奄一息
我想起多年以前被扔在路边纸箱里的一个弃儿
不知道是男孩还是女孩，经常到我的梦里来。
我想起不管是在乡村还是在城镇
到处都是被主人抛弃的流浪狗
它们啃食垃圾，浑身脏臭和细菌。
我知道我无法拯救这即将死亡的5条小狗
我知道我也无法阻止它们经常来到我梦中
在我的梦里尖叫，蠕动，挣扎……

2014-7-31

20

阿然接连三次在家里随处小便
我心生嗔恚，决定惩罚它
我大声叱骂它，它把自己的头和身体全部低下
我拍打它的头，它压低自己的耳朵夹紧自己的尾巴
我假装用脚踢它，它躲开逃离之后又向我靠近
它的眼睛一直看着我，我知道它懂我的话
它的目光那么清澈，使我突然感觉自己失了分寸
我为什么这么过分？
不就是在家里随地小便三次嘛

我为什么竟然失去耐心？
甚至还觉得自己是在教导它
使它拥有更多的人性？
我已觉得对它说话的声音变得柔和
我的内心充满慈悲
坐在躺椅上
阿然跳进我的怀里

2014-8-1

21

狗狗阿然，我得给你说件事情。
在观音山的 QQ 群里有一个
名叫御前驸马的蒙面人，他说
他很烦，他烦是因为我写了这么多
关于狗狗你的诗歌，他认为狗不是自然，因为
字典里有那么多关于狗的贬义的成语和短语：
猪狗不如，狼心狗肺，狗腿子，狗屎堆，
狗苟蝇营，狗急跳墙，狗吃屎，臭狗屁，
狗皮膏药，狗头军师，狗尾续貂，
狗血喷头，狗仗人势……
他说我写狗就是西方思想，是崇洋媚外，
是反社会主义，是反人类！
他建议我写写关于郭美美及其干爹的诗
可我不会写，我的诗歌灵感对郭美美
不感兴趣，对她的神秘的干爹也不感兴趣。

实在对不起，狗狗阿然，看到你咬电线
我责骂你，看见你蹲在地板上嚼玫瑰花
我心疼你。

2014-8-2

22

阿然喜欢一个蒙古马奶酒酒瓶
酒瓶长得像条比目鱼或者蝙蝠侠
阿然把它站起来，然后把它摔倒

阿然叼着那只猴娃娃
有时让它躺在我的卧室
有时让它睡在客厅
有时让它趴在我的书房
我提起猴娃娃，嘴里发出猴子的叫声
阿然落荒而逃，逃回卫生间它的纸箱

阿然卧在我的拖鞋上睡着了，在梦里
它沿着一条溪河顺流而下
（也许朗诵着奔流到海不复回）
它在汪洋的大海上独自漂零

阿然蹲站在门口的毛毯垫子上
垫子飞起来，飞向夜空中的明月亮

月亮里传来一阵狗叫声

2014-8-3

23

我和阿然趴在窗玻璃上
一起观看外面　在下雨

早上五点半,它跳到床边叫醒我
我们一起下楼,一起去散步
我打着一把伞,它却不到雨地里
逃回楼道,快速爬楼梯

我想继续睡觉,它纠缠我
对我撒娇地叫,或者撕扯我的裤腿
我把它抱起来,放在窗台上

我们一起观看,能否看见一样的景象

我看见灰蒙蒙的天空有一只燕子在飞翔
阿然你看见了吗

我看见一棵法桐的叶子全部金黄
哗啦啦落地,阿然你看见了吗

我看见被百草枯杀死的野草又一次复活

阿然你看见了吗

阿然不理我，透过玻璃张望
阿然你看见了什么？

2014-8-8

24

晚霞洒落在静止的河水
河水凝固着时间和血红

对岸的柳树上
几只白鹭的叫声
漂打在水面上

阿然蹲在河边
身边坐着我的背影

有人偷拍下这一切
给我寄来一张照片

现在这张照片挂在墙上
我和阿然正在抬头欣赏

2014-8-8

25

每次回到家，阿然都跑到门口
热情迎接，跳得老高要亲我的脸
摇着尾巴，摇着修长身材，摇头晃脑
前肢搭在我的裤腿上，想要沿着我的裤子
爬上来，那时我的心里升起一股暖流
宛如一轮太阳照遍冬天寒冷的每个角落
就连墓地里我的白骨也开始
长满肌肉，从深深的黑暗里蹦跳出来
奔跑着，奔跑着，跑进躺在床上的
我的正在做梦的躯体
阿然趴在床边叫我
我的放在床头的脚趾头
它正婴儿般地舔着，吮吸着

2014-8-13

26

阿然被接走的日子我正过生日
它吃过我的生日蛋糕之后
把它还有它的狗娃娃放进纸箱
纸箱被搬进黑色的小轿车
在黑色小轿车里它又嗅又看，探索新环境
小轿车开走了，阿然被带走
它要去我弟弟的家，我弟弟的家在乡村

阿然走后我们所有的房间都突然寂静了
我和妻子心里都空落落的
我们彼此不敢看对方湿润的眼睛
谁也不想开口说话

2014-8-16

27

他们几个在谈论杀狗吃狗肉
跟在后面的狗停下脚步
远处另一条狗也停下脚步
我感觉自己停滞不前了,周围的林子
突然刮起一股乱风,一大群鸟
惊恐四起地飞向天空虚幻的云里
而我想起好多年前,在北京石景山
一个饭店的座位上,我打算吃红烧狗肉
老板把我领到厨房后院,看见一排排
倒挂的狗,正等着我挑选,被选中的
就会被杀死,我竟然恶心呕吐起来,从此
以后,再也不吃狗肉,但是仍然很多人
喜欢美食狗肉,还要举办盛大的残忍的
残杀、虐杀各种狗的狗肉节,花样不断翻新
阿然我把它当作孩子养着,谁会杀死自己的孩子?
谁会把自己的孩子吃进自己的胃里?
有一则新闻报道,说英国有一条狗
它的主人被车轧死之后,它守在墓地

一十五天不吃不喝，饿成了皮包骨头
但它有一颗更加博大的
心。

2014-9-1

28

去看阿然，回到家乡村庄
恍惚回到自己的童年
童年的丘陵上。有影子跟踪
跟踪的影子是放大的阿然
阿然嗅嗅，闻闻，蹦蹦，跳跳
有时竟飞了起来，轻轻跌落
四脚着地在厚厚的野草褥上
在草丛中游泳，空中弥漫草香和花香
弥漫被埋在土地深处乡亲和邻里
的味道。鸟们突然群飞，飞翔在天空的叫声
一缕一缕缠绕在柿子树上的柿子周围
地里滚满西瓜娃娃，四处爬行。
我带领阿然在栽满槐树的林子里
寻找通往我父母墓地的小径
再也碰不上黄鼠、黄鼠狼
再也碰不上野兔、獾，还有地老鼠
它们都在这丘陵的野地里灭绝了
宛如我不再的童年，如梦一般。
坐在丘陵的最高顶，我本想

打坐冥想，阿然却对高速公路上
奔驰而过的车辆吠叫不停，对海鑫钢厂
飘在上空的灰蒙蒙的雾霾吠叫
不停，对埋在谷底占地几十亩的墓地里
那个被枪打爆脑袋的原海鑫集团老总
吠　叫　不停，据说他带进坟墓的那部手机
响了。

　　　　　　　　　　　　2014-9-19

　　29
你流的血鲜嫩如草
一只刺猬在草丛觅食
觅食在夜色苍凉的虚幻
一朵玫瑰火焰摇曳
如我伸长的舌头
舔着天空
舔着天空的鱼白肚
鱼翻了个身
梦中醒来
生下一枚太阳

我独自对着你
流血的太阳
汪汪地吠叫

　　　　　　　　　　　　2014-9-26

30

不知道是什么鸟
不知道自己被命名成什么
白色的翅膀扇动
倒影在水面的镜子里飞行
水里还有许多其他的鸟
水里还有水草的飘摇
水里也许隐匿着鱼和虾

我和阿然在大坝上
俯瞰这一切
不知道身边的花已开
不知道花周围的草又长高
我们盯着那只飞行的鸟
忘记了我们是谁
我是阿然
还是
阿然是我？

2014-9-28

31

阿然
不准吃屎（狗改不了吃屎我知道，但是
你不准吃屎，你吃屎的嘴不准亲我的嘴）

不准捡骨头（骨头会坏掉你的肠胃，等
你长到一岁之后就可以吃了）不准上垃圾堆
不准把猫撵到树上不准追逐小孩子（小孩子
的妈妈总是用生气的眼睛剜我）不准追赶
奔驰的汽车（粗心的汽车会将你轧死）
阿然
不准上沙发更不准把尿撒在沙发上
不准刨花盆里的土不准啃我的书籍
不准半夜汪汪叫不准一听到别人家
有动静就汪汪叫不准对着镜子里的
自己汪汪叫不准对着镜子里的自己发呆
不准撕扯我的枕头
不准霸占我的被窝

2014-10-18

32

弟弟打来电话
说阿然丢了
说不知道它是从房顶
掉下来还是跳下来
肯定没摔死
因为没有找到尸体
估计没摔坏
如果摔坏了它一定就在附近

阿然丢了　我心里空了一大块
妻子打电话说昨天我们还给它洗过澡
昨天还领着它一起到东坡岭上散步
怎么会丢呢？　你赶紧回村里找找

我想过几天阿然就回来了吧
如果没有被人圈在家里
如果没有被汽车轧死
如果不是被外星人掳走
说不定哪一天我推开门
它正在门口蹲着

阿然神秘失踪
对我来说
或许是阿然最好的结局
因为现在它经常跑到我的梦里

      2014-11-25

诗人与狗

狗狗嗅了嗅狗尾巴草
诗人也嗅了嗅狗尾巴草

狗狗嚼了一瓣洁白的剑兰花
诗人也嚼了一瓣洁白的剑兰花

狗狗盯着一只蚂蚁看了半天
诗人也盯着一只蚂蚁看了半天

狗狗突然回头,竖起两只警觉的耳
诗人也回头,两耳灌满透明的秋风

狗狗加速奔跑,追赶一只逃跑的野猫
诗人追赶狗狗,加速了自己的奔跑

狗狗对着汽车轮胎撒了一泡尿
诗人也对着汽车轮胎撒了一泡尿

狗狗看见一朵白云徐徐飘来
诗人看见一朵白云悠悠飘走

2014-9-21

后 记

"某君昆仲，今隐其名，皆余昔日在中学校时良友；分隔多年，消息渐阙。日前偶闻其一大病；适归故乡，迂道往访，则仅晤一人，言病者其弟也。劳君远道来视，然已早愈，赴某地候补矣。因大笑，出示日记二册，谓可见当日病状……"

每次读我的这部书稿，都让我想起鲁迅先生的《狂人日记》，让我想起读《狂人日记》时那种莫名其妙的亢奋的感觉。不过鲁迅先生写的是一个患"迫害狂"的病人，而我这部书里写的是一个患抑郁症的诗人。这次在修改书稿的过程中，总有一种恍惚感：好像这患抑郁症的诗人是我，好像又不是我；好像这些诗歌是我写的，又好像不是我写的，起码假如这部书稿毁了的话，现在让我重写我肯定是写不出来。

2014年我又一次患上了抑郁症，心情烦躁，绝望，想跳楼，想摔手机……更糟糕的是，我幻视幻听，觉得自己生活在精神病院里，周围碰到的到处都是精神病人。我老想给别人朗诵诗歌，不管在什么地方，不管遇到什么人。我甚至想在大街上朗诵，给那些匆匆而过的行人发点钱，求他们停下脚步，听我朗诵。我在课堂上给学生们朗诵诗歌,学生们刚开始还比较新鲜,后来就给我提意见,说他们要参加高考,说我浪费了他们的宝贵时间,并且把我告到班主任和学校领导那里,学校领导然后找我谈话,告诫我上课不要乱讲,要讲与高考有关的东西,这使我对现在的中国教育非常绝望,再加上媒体不断爆出的师生矛盾冲突升级,有学生竟然杀死老师,我这个有三十年教龄的老师都不知道该跟学生怎么相处了。我一直想通过诗歌唤醒人们保护地球,却发现地球生态还是越来越恶化,危机的脚步越来越近,这让感觉自己的努力是多么无用,甚至可笑。我开始对诗歌产生了怀疑,要知道以前每次抑郁症袭来,我都是通过诗歌来治愈自己的。而这次诗歌好像加重了我的抑郁症。

　　《狂人日记》里有一条狗,就是那赵家的狗,也加入了迫害小说主人公的队伍。"不然,那赵家的狗,何以看我两眼呢?""黑漆漆的,不知是日是夜。赵家的狗又叫起来了。""前天赵家的狗,看我几眼,可见他也同谋,早已接洽。""大门外立着一伙人,赵贵翁和他的狗,也在里面,都探头探脑的挨进来。" 在我的这部书稿里,抑郁症患者诗人的我也碰到一条狗,一条流浪小狗,我收养了它,给它起名叫阿然。说起来我们对自然有多么无知,刚开始我们都搞不清楚阿然是雄性还是雌性。在收养阿然的过程中,我对自然的接触越来越多,以至于我的抑郁症在不知不觉中竟然治愈,我知道是大自然治愈了我,所以我把这部诗集的名字叫作《精神病院与自然疗法》,后与出版社沟通,书名定为《自然疗法》,因为我终于认识到大自然才是最伟大的医师,不仅可以治愈我们的心理疾病,也可以治愈我们的一些生理疾病,更重要的可以治愈当下全人类工业文明高速发展所带来的现代疾病，走向使我们过上更健康更美好生活的生态文明。

对书里有两点要补充：一是阿然后来真的回来了，现在还和我们生活在一起，虽然她（阿然是雌性，已经当过妈妈，生过一窝小狗）的一条腿有点问题。二是我们在吕庄水库放生了一只巴西龟，当时水库在数十年无水之后才蓄了一点水，形成一片湿地，可是第二年里面的水不知道为什么又放干净了，里面又种上了庄稼，所以也不知道那只被放生的巴西龟现在是否还活着？我们知道外来物种是不能随便放生的，当时觉得吕庄水库才蓄上水，水里的生物不多，也算是给刚刚蓄水的湿地多一只生命吧。

我们现在处于生态危机的时代，厦门大学王诺教授说："危机是一个很重的词，意味着一只脚已经迈向万丈深渊。"我在这个后记快要结束的时候，还是回到鲁迅先生的《狂人日记》，《狂人日记》结束时说："救救孩子……"那我也套用一句吧：救救地球！

最后非常感谢远在美国哈佛大学访学的广州大学龙其林教授，在紧张而忙碌的学习和工作中，抽出时间无私地为本书作序，令我备受感动。也感谢山西省作协、本套丛书的主编孔令剑先生，由于他们的辛勤付出，使本书得以出版面世。

2017 年 12 月